牛津大学出版社签约作家、《读者》杂志签约作家共同抒写少年的心灵和青春的梦想

一物等一主

董保纲 著

山东城市出版传媒集团·济南出版社

图书在版编目(CIP)数据

一物等一主／董保纲著． —济南：济南出版社，2019.3

(心灵花园丛书)

ISBN 978-7-5488-3588-2

Ⅰ.①一… Ⅱ.①董… Ⅲ.①随笔—作品集—中国—当代 Ⅳ.①I267.1

中国版本图书馆 CIP 数据核字(2019)第 036822 号

出 版 人	崔　刚
责任编辑	张伟卿　姚晓亮
装帧设计	宋　逸
出版发行	济南出版社
地　　址	山东省济南市二环南路 1 号(250002)
编辑热线	0531－86131741
发行热线	0531－67817923　86922073　68810229
印　　刷	山东省东营市新华印刷厂
版　　次	2019 年 3 月第 1 版
印　　次	2019 年 3 月第 1 次印刷
成品尺寸	150mm×230mm　16 开
印　　张	7
字　　数	73 千
印　　数	1－5000 册
定　　价	49.00 元

(济南版图书，如有印装错误，请与出版社联系调换。联系电话:0531－86131736)

目 录

第一辑　心怀感激
人生的舵手 / 2
播种宽容 / 4
最后一次哺乳 / 6
永远的刺儿菜 / 8
阴差阳错 / 10
常和父亲聊聊天 / 12
掌声响起来 / 14
心灵的收据 / 16
爱若磐石 / 18

第二辑　骑着马找马
再试一次 / 22

锯响就有末 / 24

骑着马找马 / 26

感谢压力 / 28

成熟不是一件衣裳 / 30

倾诉的美丽 / 32

理解的分量 / 34

父爱是一张犁 / 36

第三辑　瞬间的永恒

承受幸福 / 40

人生也有磨合期 / 42

深埋一粒种子 / 44

学会等待 / 46

因为感动 / 48

凝视生命 / 50

不能丢掉对生命的从容 / 52

因为敬畏,所以珍惜 / 54

死亡是一个名词 / 56

第四辑　智者点金

智者点金 / 60

一路花香 / 62

有一种力量叫信念 / 64

为别人想想 / 66

成功的一半是方向 / 68

爱情是道加减法 / 70

第五辑　心系一处

经营的玄机 / 74

一二三,睁开眼 / 76

一辈子,一碗汤 / 79

心系一处 / 81

点击"收藏" / 84

春华秋实 / 86

真　相 / 88

一物等一主 / 91

第六辑　收藏记忆

往事之门无锁 / 94

让心灵在怀旧中慢慢提纯 / 96

嵌在心灵中的三句话 / 98

姥爷的根雕 / 100

失之不忧,得之不喜 / 102

挚友不言谢 / 104

第一辑 心怀感激

因为善良，而心安；因为有爱，而无愧。心怀一份感激，拥有一颗善解人意的心，那么，每个人都可以给这个世界带来一份惊喜、一份温暖、一份关怀的力量。

是她改变了我一生的航向,让我走向开阔、走向坦途。

人生的舵手

初中时,由于贪玩,我的学习一度很差,尤其是数学更是一塌糊涂,以至于数学老师对我也失去了信心。

后来那位数学老师调走了,来了一位姓李的新老师,是一位中年妇女。她对我们要求很严,每天必须交作业。为了应付她,我不得不借同桌的作业本,抄一遍之后上交。同桌的数学成绩很好,经常被老师表扬。抄过几次以后,我才意识到,我不该原原本本地抄同桌的作业,这太容易被老师识破了,但为时已晚。

在一次发作业本的时候,李老师照例讲评同学们的作业情况,这次她提到了我。她说:"今天,我要特别表扬一位同学,因为以前的老师告诉我,说这位同学的数学成绩很差。不过,自从来到这个班以后,我发现这位同学的作业其实很认真,做错的题也很少,看得出来,他确实付出了努力,我们应该给这位同学一些掌声,鼓励鼓励他。"

一物等一主

顿时,教室里响起了雷鸣般的掌声,同学们的眼光齐刷刷地向我看来,我的脸一下子红了。这时,我注意到,同桌也正在看我,但他的目光里满是嘲笑,因为他最清楚事实的真相了。刹那间,我清醒了,也后悔了,开始为欺骗老师也欺骗自己而羞愧,同时,我也被同桌那嘲笑的目光刺激了。

接下来的日子,我不再打闹玩耍了,一头扎进数学课本里"恶补"起来。到初中三年级的时候,我的数学成绩已经在整个年级里遥遥领先。这时,周围的同学对我真的是刮目相看了。后来,我一步步考入高中、大学,走上了工作岗位。

多年以后,我去看望李老师,向她提起了我曾经抄袭他人作业的事。李老师笑着说:"其实,当时我已经看出来你抄同桌的作业了,因为很明显,你的同桌写错一个符号,你就跟着错一个符号。"我说:"那您为什么不批评我呢?"李老师停了一下说:"我当着全班同学表扬你,目的就是激起你的勇气。因为多年的教学经验告诉我,对待你那个年龄段的学生,鼓励是最好的教育方式。"

我的心里顿时涌起一股暖流。我深深地懂得了,教师真的是一种神圣的职业,更是一种充满技巧和艺术的职业。对我而言,李老师就像是我人生之舟上的一位舵手,是她改变了我一生的航向,让我走向开阔、走向坦途。

心灵花园

宽容并不等于懦弱,我们是在用爱心净化世界。

播种宽容

20岁那年,我考上了北方的一所大学。入学前的那天晚上,父亲把我叫到跟前,十分郑重地对我说:"以后出门在外,遇事一定要冷静,凡事要多替别人想一想,不要和人家斤斤计较。"我点点头。

在大学的两年里,我常常想起父亲的话,努力地学得开朗一些,用一颗真诚善良的心去对待身边的每一个人,渐渐地我感觉到了从未有过的温暖和充实。我知道,这是因为,父亲在我的心底播种下了一粒名叫宽容的种子。

宽容是人和人之间必不可少的润滑剂。它和诚实、勤奋、乐观等价值指标一样,是衡量一个人气质涵养、道德水准的尺度。宽容别人是对别人的一种尊重、一种接受、一种爱心,有时候宽容更是一种力量。

听人讲过这么一个故事:

某公司的一位部门经理,有一次外出时手提包被盗,里面

一物等一主

除了常用的钱物外,还有公司的公章。当她又内疚又担心地站在总经理面前讲完所发生的事情后,总经理笑着说:"我再送你一只手袋,好吗?你前段时间的工作一直非常出色,公司早就想对你有所表示,但一直没有机会,现在机会终于来了。"

那位总经理没有暴跳如雷,他用宽容的态度处理了这件事,使部门经理心怀感激,后来任凭其他公司有多么优厚的待遇聘请她,她都不为之所动。

这就是宽容的力量。

宽容本身也是一种沟通、一种美德。假如在生活中我们受到了不公正待遇或自己身边的人做错了什么,千万不要生气愤怒,而应学会宽容。生气愤怒是人类最坏的毛病之一,它是在用别人的过错惩罚自己,是一种徒劳的、于己于人无益的活动。

清代李绂写过一篇《无怒轩记》,他说:"吾年逾四十,无涵养性情之学,无变化气质之功。因怒得过,旋悔旋犯,惧终于忿戾而已,因以'无怒'名轩。"李绂"无怒",我们"宽容"如何?宽容并不等于懦弱,我们是在用爱心净化世界,而绝不是含着眼泪退避三舍。宽容不是天平一端的砝码,不停地忙碌,维持着不断被打破的平衡,而是人世间永恒的爱与被爱。投之以木桃,报之以琼瑶。把宽容插在水瓶中,她便绽放出新绿;播种在泥土中,她便生长出春芽。

学会宽容吧,互相宽容的朋友一定百年同舟,互相宽容的夫妻一定百年共枕,互相宽容的世界一定和平美丽。

老黑虽然是一条不起眼的狗,但是,它是一位伟大的母亲!

最后一次哺乳

　　三十几年前,我们家养过一条狗,一条并不漂亮也不健壮更谈不上机灵的普普通通的黑狗,我们叫它老黑。老黑是一只母狗,一年后它怀孕了。过了4个多月,老黑顺利地产下一窝共8只小狗崽,个个都是黑黑的、肉乎乎的,很可爱。但一件意想不到的事情很快就发生了。

　　就在产崽后没几天,老黑突然病了。在当时的条件下,我们没有能力带它去看病。强烈的病痛使老黑拼命地用头撞墙,嘴里嗷嗷叫个不停。就这样,它折腾了一天之后便奄奄一息了,丢下了8只嗷嗷待哺的小狗崽。

　　父亲把老黑丢在屋后的柴火垛上,准备第二天送给我二舅。二舅是干屠宰的,早就说过想要一张狗皮。接下来,父亲开始处理那些小狗崽,它们实在太小了,还不会吃东西,父亲想起来邻居家的狗也刚刚产过崽,就把8只小狗抱到邻居家。

　　当天晚上,我们都已经睡着了,在半夜的时候,忽然听到

一物等一主

一阵抓门的声音。父亲听了听说,像是老黑呀,母亲说老黑不是死了吗?父亲打开门,门外果然是老黑。父亲赶紧把它抱进屋里。老黑走起路来有些摇晃,它低声地叫着,用鼻子嗅来嗅去,可以断定它是在找它的孩子们。父亲赶紧穿上衣服,去邻居家要回那些小狗。

父亲从邻居家只抱回了三只小狗,因为邻居家那只大狗认识自己的狗崽,不让我们家的小狗吃奶,已经咬死了五只小狗,只剩下三只了。

父亲把三只小狗抱到老黑的身边,老黑表现得异常兴奋,它赶紧躺下来,让小狗吃奶,并且用舌头舔着每一只小狗。老黑一边哺乳,一边还用眼睛在寻找,似乎在寻找另外几只小狗。一向心软的母亲看到这个情景,掉下了眼泪,不时责备父亲不该把小狗送到邻居家。

第二天早晨,当父亲起床后,却发现老黑的身体已经僵硬冰凉了,三只小狗的嘴里依然噙着奶头。这次,老黑是真的死了。

后来,父亲没有把老黑送给二舅,而是把它埋在我们家的院子里,那仅剩下的三只小狗也没有熬过两天,相继死去。自此,我们家再没有养过狗。

事情过去三十多年了,父亲和母亲还不时地谈论起老黑。我也经常会想:是什么力量让老黑在垂危时刻还在坚持,让它给孩子最后一次哺乳之后再死去呢?有一点我深信不疑:老黑虽然是一条不起眼的狗,但是,它是一位伟大的母亲!

我把这些刺儿菜细心地捆扎起来,连同慧子带给我的最纯真的友谊一起放进书柜。

永远的刺儿菜

那天整理书柜时,我发现在书柜的最底层放着一大把已经干枯了的刺儿菜。看到这发黄的刺儿菜,我蓦地想起一位女孩儿,她叫慧子。

那是上高三的时候,由于学习的紧张和高考的压力,我的身体糟糕透了,三天两头感冒上火。更让人着急的是,在高考前的一个月,我的鼻子老是流血,吃过很多药也不见效。

在我的紧张焦虑之中,高考的日子来临了。第一场考的是语文,正当写作文的时候,我最担心的事情还是发生了。我只觉得鼻子一热,两滴鲜红的血滴在试卷上,紧接着血越流越多。我赶紧用手捂住鼻子。好不容易坚持到考试结束的铃声响起,我含着泪水走出考场。一出考场,迎面碰上了我的同学慧子。她见到我捂着鼻子那副狼狈的样子,忙问我出了什么事。听我说完后,她告诉我一个偏方能治鼻子出血,就是用刺儿菜(刺儿菜可入药,有凉血、止血作用——作者注)的根茎和叶熬汁,

清洗鼻腔，可管事呢。慧子说："我们老家的坟地里长着一大片呢，要不我中午回去给你带些来。"我说下午还要考试，你就别去了。慧子说没事儿。

中午，慧子果然给我送来了刺儿菜，帮着我把刺儿菜洗净，熬成汤清洗鼻腔。说来也奇怪，下午考试时，我的鼻子竟真的没有再流血。第二天中午，慧子又给我带来一大袋刺儿菜。一直到考试全部结束，我的鼻子再没有流血。

不久，高考的分数出来了。我被省城一所大学录取，但慧子因分数太差而名落孙山。后来才知道，慧子为了给我挖刺儿菜，放弃了第二天上午的数学考试。我问慧子为什么为我做出这么大的牺牲。慧子却说："不是为你，我的数学本来就不行，即使考也考不好，再说我已经打算复习一年再考了。"

上大学以后，我一直打听慧子的消息。但我很快得知，慧子并没有复习。因为她的父亲被一场车祸无情地夺去了生命，为了照顾母亲，慧子放弃了复习的打算。放假回家后，我去找慧子，却听别人说，慧子已经去青岛打工了。按照别人提供的地址，我给慧子写了几封信，但一直没有接到慧子的回信。

一晃多年过去了，我忙于写文章、找工作，娶妻生子，对慧子也渐渐淡忘了。只是，偶然翻出的刺儿菜，又让我想起了她。如今，慧子大概早已经为人妻、为人母了吧，我不知道她过得好不好，更不知道，她是否会后悔当初为给我挖刺儿菜失去了一生中上大学的机会……

我把这些刺儿菜细心地捆扎起来，连同慧子带给我的最纯真的友谊一起放进书柜。还有，我对慧子的那份永远的感激和深深的歉意，也放在我的内心深处……

茫茫的人海中,将错就错只是一瞬间的事,但它留给人们的是一份难以泯灭的回味,有时更是一份美丽。

阴差阳错

上大学的时候,晚上,我们宿舍的几个人总爱东拉西扯。那天我们宿舍的"老大"忽然提议让每人讲个故事,要求必须是真事儿,主题是"阴差阳错"。

我讲了一段向报社投稿的故事。那次,我在给报社投稿的同时,也给母亲写了一封家信,匆忙之中,装错了信封,把稿子寄给了母亲,把信寄给了编辑。一周后,我收到两封回信,一封是母亲的,另一封是编辑的。母亲在信中说:"儿子呀,你上大学了,写的信妈也看不懂了,找了好几位中学老师'翻译',都说大概是写爱情方面的事情的。妈希望你今后再来信时写明白一点,另外在学校最好别谈恋爱……"再打开另一封信,只见上面写道:"大作拜读,有真情实感,拟刊发在下周副刊版上,题目定为《一封学子的信》。"

听了我的故事后,大家都笑起来。

轮到老大讲的时候,他讲了一次打错电话的故事。那一

次,老大给家里打电话,电话接通后,老大就对着话筒大声喊妈,谁知对方说:"是强子吗?妈可想死你了,你在部队里好吗?"他一听"强子""部队",就知道打错了,但那位阿姨却喋喋不休地讲起来。从谈话中,老大隐约地知道,这位阿姨的儿子在部队当兵,已经好长时间没往家里打电话了。这位思念儿子的母亲还得了很严重的病。老大只好将错就错地说:"我最近就请假,回家看望您,妈妈。"这位母亲满意地放下了电话。一个多月后,好奇心促使他又拨打了一次这个电话。不过,这次接电话的是一位中年男子,他是那位阿姨的丈夫,他的妻子已于一周前去世了。他对老大表示感谢,因为老大让他妻子在临终前听到了"儿子"的声音,其实他们的儿子已经在执行一次抗洪任务时牺牲了,而他一直瞒着她,因为医生说她的病情不能再经受任何一点刺激,她的生命比医生估计的延长了二十几天……听了老大的故事,我们都沉默了。

多少年过去了,这个故事让我始终难以忘怀。也许在茫茫的人海中,类似的将错就错只是一瞬间的事,但它留给人们的是一份难以泯灭的回味,有时更是一份美丽。

父亲就是一本厚厚的书,这本书里写满了父亲大半生的酸甜苦辣,也写满了父亲的经验与智慧。

常和父亲聊聊天

俗话说:"树老了根多,人老了话多。"父亲退休以后,话就越来越多了,他常常把我叫到跟前和他聊天。开始的时候,我还有些不耐烦,但渐渐地我发现,和父亲聊天并非一件无聊的事情。

父亲爱回忆往事,常对我讲他童年的经历。父亲的童年,饱受了贫寒和痛苦的折磨。我的爷爷在父亲7岁那年就因病去世,奶奶省吃俭用供养父亲兄弟三人上学。但就在父亲准备考大学的那一年,奶奶得了绝症,因为两个大伯都在外上学,照顾奶奶的重担就落在父亲一人肩上。父亲不得不放弃学业,在家照顾奶奶。但父亲的孝心并没有能挽留住奶奶的生命,父亲的大学梦也因奶奶的去世而宣告破灭。

失去了高考机会的父亲没有灰心,而是毅然走进村里的小学,当了一名代课教师。父亲教书很认真,短短的半年时间,在周围的村子里已经小有名气。业余时间,父亲又拿起笔开始

一物等一主

了文学创作，随着一篇篇文章在各级报刊的发表，父亲被破格录用为县文化馆的干部。再后来，父亲又被调进行政机关，从事文字工作，一干就是二十多年。

父亲的一生也许平淡无奇，但每一步都是父亲付出辛勤努力的结果。他常常教育我们要脚踏实地地去做每件事。因此，当我近年来在一些报刊上发表了一些文章，并被省作家协会吸收为会员时，父亲就对我说："不要因为取得了一丁点儿的成绩就沾沾自喜，入了作协并不能说明你就是作家了，真正的作家应该写出不朽的作品。"我每发表一篇文章，他都要找来仔细阅读，并直言不讳地提出自己的看法。

坐在父亲的对面，第一次用成年人的眼光打量父亲，我的心里有一种沉甸甸的感觉。仿佛昨天还让我骑在他脖子上玩耍的父亲，一夜之间就变成了满头白发的老头。眼前的父亲虽然少了几分以前的潇洒和威严，却多了几分平和与安详。父亲和我谈他的理想、成功与失败，谈他的生活态度，甚至他曲折的爱情故事，每谈论一个话题，父亲都会总结其中的得失与成败。我慢慢地懂得了，父亲和我聊天，并不是为了排遣寂寞，更重要的，他是在用自己大半生的经历，来告诉我该如何面对人生。

对我而言，父亲就是一本厚厚的书，这本书里写满了父亲大半生的酸甜苦辣，也写满了父亲的经验与智慧，充满了真实而深刻的人生哲理。和父亲聊天，其实就是在翻阅这本人生的大书。它带给我的是对人生无尽的思索与启迪，同时，更让我读懂了那份浓烈而深沉的父爱。

从那以后,我也经常会给别人鼓掌,尤其是当别人身处困境时。

掌声响起来

我常常想起一个关于掌声的故事。

高中一年级的时候,班里有一位叫英子的女孩儿,她沉静漂亮,但总是躲在教室的一角。上课前,她早早地就来到教室,下课后,她又总是最后一个离开教室。后来我们才知道,她的腿因为得了小儿麻痹症而落下了残疾,她是不愿意让人看到她走路的姿势,才有意躲避我们的。

一天上演讲课时,老师让同学们到讲台上讲一个小故事,目的是锻炼同学们的心理素质。

轮到英子讲的时候,全班四十多双眼睛一齐投向了那个角落,英子也立刻把头低下去。这位老师是刚调来的,还不了解英子的情况,他就点了英子的名字。

英子犹豫了一会儿,慢慢地站了起来。我们注意到,英子眼圈儿红了。

在全班同学的注视下,英子终于一摇一晃地走上了讲台。

就在英子刚刚站定的那一刻，不知是在谁的带动下，骤然间响起了一阵雷鸣般的掌声，那掌声热烈、持久，我们看到英子的泪水流了下来。

掌声渐渐平息，英子也稳定了情绪，开始讲述她童年的一个小故事。她的普通话说得很好，声音也十分动听。当她结束演讲的时候，随即又响起了一阵掌声。英子很有礼貌地向老师深鞠了一躬，然后在掌声里一摇一晃地走下了讲台。

自从那次演讲以后，英子就像变了一个人似的，不再那么忧郁了。她和同学们在一块游戏、说笑，甚至有一次英子还走进了学校的小舞厅，让同学们教她跳舞。

英子的学习成绩也越来越好，尤其是数学和物理，高二那年，她代表我们学校参加了奥林匹克物理竞赛并得了奖。

三年时光匆匆而过，英子被北京的一所大学破格录取。后来，英子给我来信说：我永远不会忘记那一次掌声，因为它使我明白，同学们没有歧视我，并使我鼓起勇气微笑着面对人生，是那次掌声给了我第二次生命……

这就是三年前英子变得开朗活泼的原因。从那以后，我也经常会给别人鼓掌，尤其是当别人身处困境时。我想，其实我们每个人都是需要掌声的。在人生的舞台上，我们都是表演者，谁不希望自己的表演能获得掌声和喝彩呢？获得掌声，不仅仅是获得了一种尊重，更是一种鼓励和肯定。珍惜掌声吧，珍惜掌声就是珍惜生命。

这两张收据其实就是两颗种子，它能够开出诚实的花朵，也一定能够结出勤勉的果实。

心灵的收据

我的朋友大李是一个文学爱好者。当年，他写了大量的文字作品投出去，但无一发表，大李十分惆怅。眼看着身边熟悉的朋友不断有大大小小的文章发表，他的心里既羡慕又嫉妒。

为了体验一下文章发表的乐趣，也为了满足一下自己的虚荣心，他开始实施一个罪恶的计划。经过精挑细选，大李的目光停留在一本杂志中的某一篇文章上，他细心地把文章誊写在稿纸上，只是把原作者的名字改为自己的名字，然后投进了邮筒，之后就是心怀忐忑的等待。

等待的结果并没有让他失望，两个多月后，一本散发着油墨清香的样刊寄到大李的手中。正如他所想象的那样，自己的名字终于变成了铅字，他无比惊喜但又有一丝恐慌。

不久，让他担心的事情还是发生了。文章的原作者给他写来一封义正词严的长信，对他的抄袭行为进行了无情的批评。在信中，大李才知道，原作者是一位很有名气的作家。

一物等一主

经过再三思索，大李终于给作家回了一封信，把自己的真实情况告诉了作家，承认了自己的抄袭行为，并向作家道歉。不久，作家回信说可以原谅他的抄袭行为，但是他必须为自己的行为付出代价，作家要他支付赔偿金500元钱，否则，将把他的抄袭行为告知大李所在的单位，以及当地新闻、宣传、纪检等部门。大李害怕了，他只悔恨自己一时糊涂。

大李赶紧凑够了500元钱，寄给了作家，他握着邮局给他的收据，心疼了一下。

以后的日子风平浪静。

一天，投递员忽然给他送来一张汇款单，他很纳闷，自己"发表"的那篇稿子不可能有稿费了，是谁给自己寄来了钱？他接过一看，居然是500元钱，落款是那位作家。作家在留言栏里写下了几个字：款退回，我只保留一个收据就可以了，望努力。

顿时，大李的眼眶潮湿了。

此后的大李，更加认真地阅读和写作，真正属于自己的文章也开始见诸报端。多年以后，大李才把这个故事讲给了我们。

我感动于作家的豁达和高明。500元钱去了又回来，却不是简单的循环，因为它在此地和彼地留下了两张收据，一张收据上面写着耻辱，而另一张收据上写着宽容。

我更懂得了，这两张收据其实就是两颗种子，它能够开出诚实的花朵，也一定能够结出勤勉的果实。

石头也是有生命的,甚至石头也能够开出花朵。

爱若磐石

　　石头也是有生命的。这是 30 多年前,吴大爷对我说过的一句话。

　　那时,我是一个刚满 10 岁的少年,而吴大爷已有 50 多岁的年纪,他是我父亲的同事。

　　吴大爷爱好养花弄草,因为当时的生活水平以及吴大爷的经济条件,他只能养一些便宜的花草,诸如杜鹃、指甲花之类。尽管如此,吴大爷在侍弄花草的时候,仍然颇为精心。他常常在一早一晚的时候,手持一把塑料壶,给花浇水。

　　一天,我忽然注意到,在吴大爷的花盆中间,有一个花盆没有栽种花草,却盛满了一堆大大小小的石头,五颜六色的。吴大爷在浇灌花草的同时,也不忘把这盆石头浇上一遍。并且,他浇这盆石头的时候,仿佛更用心思。我便对吴大爷说:"您浇错了吧?那是石头!"吴大爷却笑了,说:"石头也是有生命的呀。"见我不解,吴大爷接着说:"其实,地球上的万物都是有生命的。这小小的石头也是经历了上万年甚至亿万年的成长，才变成今天这个样子的。我给它们浇水，就是希望它们好好地生长。"看着吴大爷近乎痴迷的模样，我感到有些可笑。

以后的日子，吴大爷仍然每天侍弄花草和石头。

忽然有一段时间，吴大爷的花盆竟无人打理了。从父亲的口中我才了解到，吴大爷家出了事儿——吴大爷的老伴不慎摔了一跤，经过抢救，命虽然保住了，却成了植物人！

再见到吴大爷的时候，已经是一个多月以后了。吴大爷把老伴从医院里接回来，日夜守候在老伴身边，为她擦洗、喂饭。眼看着吴大爷一天天日渐消瘦。他的花草也因为疏于管理，都死去了，唯有那一盆石头仍然静静地待在原处。偶尔，吴大爷走过花盆的时候，还是不忘给那盆石头浇上一壶水。吴大爷抚摸、翻弄着那些石头，口中仍然念念有词。

吴大爷的老伴成了植物人，但这并不妨碍吴大爷和老伴说话、交流。以前是一问一答，而如今，只有吴大爷一人说了，老伴呆呆地躺在床上，像是一块冷冰冰的石头。吴大爷不厌其烦地给老伴讲故事、讲笑话、说往事……

听父亲说，吴大爷在单位只是一个临时工，受老伴病的影响，不能正常上班了。尽管单位领导没说什么，他却主动提出辞职了。不久，吴大爷就搬出了那个小院，回到了农村老家。

再一次听到吴大爷的消息是在三十多年后。一次，我在饭店吃饭的时候，偶然遇见和吴大爷同村的一位朋友。提及吴大爷，朋友说，吴大爷回农村后，自己耕种了5亩地，侍候着老伴，每天呼唤老伴的名字。让人感到欣慰的是，十多年后，他老伴临死的前几天，终于喊出了吴大爷的姓名。那一刻吴大爷老泪纵横,逢人就说老天有眼。老伴死后不久,吴大爷也去世了。

  我再一次想起吴大爷的那一句话:石头也是有生命的。是的,在吴大爷的眼里,一块微不足道的石头也有着鲜活的生命,何况对于陪伴自己几十年的老伴?吴大爷十几年如一日,守候在老伴身边,忍受孤独寂寞,还要照料老伴的吃喝拉撒,这是一种多么巨大的力量啊!它足以融化冰雪、感动顽石。

  世界上有一种爱坚若磐石,有一种爱感天动地。这种爱不在海枯石烂的山盟海誓之中,不在日夜厮守的卿卿我我之中,而在于是否能够一起走过苦难的岁月,是否具有一种永恒的虔诚和坚韧的信念。

  但从此我开始坚信,石头也是有生命的,甚至石头也能够开出花朵。

第二辑 骑着马找马

涉世之初,我们都在寻找一匹"马"。付出坚实的努力,锲而不舍地走下去,固然很重要,但如果我们学会在等待中寻找机遇,骑着马找马,也不失为一种人生的策略。

有些事情看似"山重水复疑无路",但再试一次,有时就会"柳暗花明又一村"。

再试一次

5岁那年,我突然得了一种怪病:发高烧、呕吐、滴水不进。父母带着我跑遍了省城的各大医院,但医生都不能确诊我到底得了什么病,治疗也不见效果。

在医院里,本来就十分瘦小的我被病痛折磨得奄奄一息,好多人都劝母亲说:"这孩子怕是不行了,别再花钱了。"母亲却固执地把我留在医院里。她几乎问遍了周围的人,为我打听能治这种病的医院或医生。一天,母亲终于听说,在50多公里以外的地方,有一位民间医生专治疑难杂症,母亲决定带我去试一试。

在那个年代,我们家本来就穷得叮当响,父亲整天是一脸菜色,母亲更是弱不禁风。但听到这个消息后,母亲立刻精神了许多,她跑到医院的输血室,伸出了枯瘦如柴的胳膊……然后,她拿着卖血得来的11元钱,带着我找到了那位民间医生。

说也奇怪,我吃了那位医生的药之后不久,竟奇迹般地

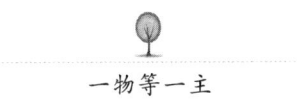

好了。

后来，母亲每每回忆起这件事时，总会对我说："那时，我就一个想法，多打听几位医生，再试一次说不定能治好我儿子的病了。"事实证明，母亲的"再试一次"成功了。

我在感谢母亲给了我第二次生命的同时，也牢牢记住母亲的那句话：再试一次。

——当我第二次高考落榜的时候，我没有忘记再试一次，我第三次走进了考场，并且终于如愿以偿，考进了北方一所大学。

——大学毕业后，当我怀揣着一摞获奖证书被一家又一家用人单位"客气"地送出门时，我没有忘记再试一次，最后被一家在别人看来还不错的基层单位留了下来。

——当我一次次地收到退稿信的时候，我没有忘记再试一次，如今我的名字也终于频频地见诸报刊……

是的，人生需要再试一次。尤其是当你身处绝境的时候，更不能忘记：再试一次。在很多的时候，我们失败的原因，不是来自别人，而在于我们自身的退缩。生活中的有些事情看似"山重水复疑无路"，但再试一次，有时就会"柳暗花明又一村"。如果连再试一次的勇气都没有，又怎么会有成功的机会呢？

人生其实就像是在拉锯，只要凭着一股韧劲儿、一份耐心，就一定会在人生的道路上刻下深度。

锯响就有末

程子说，最初听到"锯响就有末"这句话，是在他高考落榜那年。

那时的程子心灰意冷，内心空虚极了。谁知屋漏偏逢连阴雨，父亲在一次意外的事故中被砸伤了腿，长年卧病在床的母亲更承受不了这突然的打击，终日以泪洗面，全家的重担一下子落在程子的身上。那段日子，程子的脑海里经常是一片空白，为给父母买药，程子把家里一切能卖的东西全部卖掉了，包括自己的课本。

有一天黄昏，邻居家的三爷来到程子家，对程子说："从明天开始，晚上你就跟我学做木工活吧。"三爷是远近闻名的木匠，他手下有十几个徒弟。

从此，每到晚上，程子就到三爷家去。开始，三爷让程子学拉锯，他说，这是木工的基本功。程子拉着沉重的锯子，劳累了一天的胳膊不由自主地抖起来，一锯下去，锯条就偏了方向。"稳住手臂，看准墨线，使劲儿拉！"三爷在另一端大声说。

一物等一主

程子只好咬紧牙关拼命拉锯。

三个多月以后,程子学会了拉锯。拉锯讲究使巧劲儿,但更重要的是考验一个人的耐力,尤其是当锯条深入木头时,更要一气呵成,不能松劲儿,随着嘶嘶声响,锯末流泻,一块平整的木板就这样锯成了。

一天晚上,收工的时候,三爷把程子留了下来。他拉过程子的手,摸了摸上面的硬茧问程子:"你说,是念书好还是当木工好?"程子无言以对。三爷笑了,说:"你还是去念书吧。"说着从口袋里掏出一样东西放在程子的手心,程子低头一看:是一沓钱。"我已经和你爹妈商量过了,再让你复习一年,你们家先让我的几个徒弟照管,你就安心回学校读书吧,别灰心,今年考不上,明年不一定考不上。我没念过书,不懂念书的理儿,我只知道锯响就有末,世界上的事,只要塌下心来去做,没有做不成的。"捏着那沓钱,程子的泪水顿时涌出了眼眶。

回到学校以后,程子像是跟谁赌气似的,一头扎进课本。

第二年7月过后,程子顺利地考入了北方的一所大学。当程子拿着入学通知书告诉三爷时,三爷非常高兴地拿出酒来。那晚,他们爷儿俩都喝得烂醉如泥。

再后来,程子迷上了写作,虽然不断地接到退稿信,但程子始终坚信"锯响就有末",坚持会有结果。渐渐地,程子的文章开始在刊物上发表,取而代之的是,如雪片般的约稿信不断地给程子寄来。

如今,回首往事,程子总会想起三爷的那句话:锯响就有末。是啊,人生其实就像是在拉锯,只要凭着一股韧劲儿、一份耐心,就一定会在人生的道路上刻下深度。尤其是当你处于最低谷的时候,更不能忘记,锯响就有末,努力拼搏一下,就有转变境遇的希望。

其实,在人生中,我们都在寻找一匹"马"……

骑着马找马

最初听到这个故事是在我刚刚大学毕业的时候。那时,我整天四处奔波,求亲告友上人才市场,为给自己找一份满意的工作。但是两个多月下来,我几乎跑断了腿、磨破了嘴皮,也没有找到一家理想的单位。最后,我只好垂头丧气地回到家。

父亲见了我,问我找工作的情况,我无奈地向他说了一下求职经历。父亲静静地听我说完,然后说:"依我看,你不如先找份临时工作,边打工边找工作。"我说:"打工挣不了几个钱,还让人瞧不起,没意思。"父亲说:"先打工既可以挣个零花钱,也可以使你学一些东西,对你将来的工作也许有帮助,这就叫骑着马找马。"

"骑着马找马?"我不解地问。父亲告诉我这是一个故事。说从前有一个人,丢失了一匹宝马,他不得不带上干粮四处寻找。他走啊走啊,果然见到一匹马,但不是他的那匹马,而是

一物等一主

一匹野马。他没有理睬这匹马,继续向前走去。后来,他又见到好几匹马,但都不是他的那匹马,所以他就一直朝前走。结果,这个人终因筋疲力尽而累死在路上。父亲说,如果那位找马的人先骑上一匹马再去找自己的马,结果肯定要好得多。

我回味着父亲的话,觉得也有道理,便决定先找份临时工作再说。

找临时工作要比找正式工作容易多了,不久我就在一家在别人看来还不错的单位上班了。我的工作是在办公室打水、扫地、分发报纸。上班后,我发现这个单位不怎么重视宣传工作,于是我主动要求为单位写材料。凭着我从小对文学的爱好,加上四处求教老师,我为单位代写的稿件相继在报刊上发表了。这很快引起了领导的重视。

日子一天天过去了,在工作中我渐渐学到了许多以前在学校里学不到的东西。最重要的是,我懂得了只要付出艰辛的努力,就会有所收获,因为社会需要拥有实力的人。于是,我更加踏踏实实、认认真真,也一再得到领导的表扬。值得庆幸的是,第二年春天,单位里增加了两个编制,在我还不知道的情况下,领导为我争取了一个名额。在那一刻,我才知道,我终于找到了自己的"马"。

这件事过去好几年了,但我记住了"骑着马找马"的故事,因为它教我懂得了如何在等待中寻找机遇。其实,在人生中,我们都在寻找一匹"马"。付出艰辛的努力锲而不舍地走下去,固然很重要,但如果我们学会骑着马找马,也不失为一种人生的策略。

当你走出一个又一个困境的时候,回头看看,也许你要感谢的正是那些曾经困扰过你的压力呢。

感谢压力

在一次同学聚会上,我意外地遇见了高中同学大伟。大伟和我做过两年同桌。那时候,他的父亲是某单位的领导,家庭条件相当好。也许因为这些,大伟很讨厌学习,整天跟一帮哥儿们东窜西跑、抽烟喝酒,学习成绩在我们班属于倒数之列。那年高考,班里百分之八十的同学都考上了大学,大伟自然没考上。后来我一直没有听说过大伟的消息。

如今的大伟,已经丝毫没有了过去的影子,他身着一套比较考究的西服,谈吐之中透着一种成熟与老练。大家坐定之后,我们不约而同地问起大伟这几年的经历。原来,高中毕业后,大伟又复习了两年,考上了一所知名的政法大学。大学毕业后,他毅然拒绝了被许多人羡慕的公职,自己开办了一家律师事务所,经过几年的努力,如今已经具有相当的实力。大伟告诉我们,他之所以会有今天,完全是因为生活中的压力。

原来,就在我们那年高考之后,他的父亲被无端地卷进一

一物等一主

场官司，母亲由于承受不了突来的打击，从此一直卧病在床，整个家庭的重担一下子都压在了大伟身上。在那时候，大伟感受到了生活的艰难，开始后悔虚度了光阴。他横下一条心，一定要考上大学，为了父亲，为了母亲，更是为了自己的未来。大伟说，那段日子他终生难忘，因为基本功太差，他不得不从初中一年级的课程补起。他每天挑灯苦读，熬到深夜，平时还要挤出时间为母亲做饭、买药，给被关押在看守所的父亲送衣服、食品。第二年参加高考，他又没有考上，离录取分数线差了100多分，但他没有放弃，又复习了一年，终于以高出录取分数线50分的成绩被某政法大学录取。后来，父亲的事情终于了结，被无罪释放，母亲的病情也渐渐好转起来。大伟说："虽然那段日子我受了一些苦，但我始终感谢那段日子，感谢生活所给予我的压力，因为它改变了我的一生。我当初辞职也是为了给自己制造一些压力，从而证明自己的能力。"

听了大伟的经历，我的心里久久不能平静。我在想，对人生而言，谁又能说压力不是一种动力呢？在竞争激烈的今天，可以说，压力无处不在。让我们正视生活中的各种各样的压力吧！把压力看作挑战，运用你的智慧、勇气和力量去与之抗争。当你走出一个又一个困境的时候，回头看看，也许你要感谢的正是那些曾经困扰过你的压力呢。

心灵花园

世俗者常以庸俗解释成熟，消沉者常以冷漠解释成熟。

成熟不是一件衣裳

涉世之初，谁都渴望成熟一些。因为具备了成熟，我们才能自如地适应社会，灵活地驾驭人生。但怎样才算是成熟？人们在用不同的方式表达着对成熟的理解。

威是我高中时的一位同学。上学时他整天西装革履，抽名牌烟，也常常喝酒，看起来比我们成熟。他通达人情世故，了解市场行情，常和几个哥们做些小生意。在生人眼里，他俨然是一个常跑"码头"的生意人了。

高三毕业，黑色的7月把我们抛到不同的人生道路上，很自然地，威被挤下了高考的"独木桥"。不过对当时的威来说，这也许并非坏事，这样他便可以名正言顺、一心一意地做生意了。我们当时都这样认为，也许将来他并不会比我们这些进入高等学府的书呆子混得差，因为他比我们成熟。

果然，高考后不久，就听说威真的"下海"了，和别人搞服装生意。再后来，我去了省城，就再也没有听到过威的消息。

一物等一主

4年后的一天,我很偶然地在省城的大街上遇见了威。此时的威一改昔日成熟而庄重的打扮,一件很普通的夹克衫随便地罩在他已经变得有些单薄的身上,并且行色匆匆像有什么急事的样子。

攀谈起来我才知道,威这些年过得并不潇洒。先是做服装生意,因经验不足而连连亏本,后来想找一份较固定的工作也因学历太低而未能如愿。威三思之后一咬牙来到省城,进入某自修大学学习,他同时报考了电子商务和英语两个专业。由于基础太差,学起来挺费劲,但威说再难也要坚持毕业。

威说完就匆匆地走了,说要去听辅导课。我此时才明白,先前的威并不成熟。

由此可见,所谓成熟并非简单刻意的模仿。成熟是对人生透视之后的把握。世俗者常以庸俗解释成熟,消沉者常以冷漠解释成熟。其实这都是对成熟的误解。

成熟,是处变而不惊、临危而不乱,低谷中仍然能远眺高峰,淡泊里仍能勤思明志。当我们克服了单纯、幼稚的心理,如饥似渴地充实起自己,在失败和逆境中仍能心平气和地保持一分思索、一分进取,当我们终于学会了宽容,学会了等待,学会了怎样努力时,我们才真正拥有了一种真正的成熟。

倾听和诉说是生命间交流的音符。

倾诉的美丽

　　记得第一次参加高考时,我被当头一棒打蒙了——名落孙山。当时的那种失落、痛苦乃至绝望的悲哀心情一齐袭上心头,整个世界瞬间变得暗淡无色,真不知脚下的路该怎么走。

　　茫然中我走进张老师家里,教了20多年语文的他倾听了我所有的苦闷和迷惘之后,给我讲了他大半生的经历,他的奋斗,他的每一次选择。最后他说:"人生的路有千万条,关键是你能不能脚踏实地走,虽然你现在摔倒了,但摔倒了并不可怕,可怕的是,你不再站起来!"

　　我相信这是他的人生哲学。虽然老师没有明确告诉我该走哪条路,但他已经告诉了我应踏实地走路,这已足够了。

　　回到家,我找出丢弃的课本,静静地思索一番,把感觉到的所有不足悉数列出,重整旗鼓踏上了复习之路。

　　经过一年的发奋努力,第二年我终于梦想成真——进入大学校门。现在回想起来,这一切大概都得益于那一次向老师的

一物等一主

倾诉。

确实，人生之旅有太多的磨难与坎坷，事情也总不能尽遂人愿，每个人的心底也许都积存着创伤与疲惫。此刻，你何不找个人倾诉？

无论是对于倾诉者还是倾听者来说，倾诉都是构建于理解和信任的基础之上的。倾诉时，倾诉者把一腔的幽怨或委屈一股脑儿诉说出来，失衡的心理会逐渐恢复平静。这时，倾听者的一句轻声的劝慰，一个理解的微笑，一个鼓励的眼神，都会给倾诉者憔悴的心以莫大的力量。

心理学上有"宣泄"一词，是说当一个人内心不愉快时，最好通过某种方式把这种压抑的情感释放出来，这样才不至于对自己的身心有害。倾诉便是"宣泄"的最好方式。

倾听和诉说是生命间交流的音符。用生命进行交流，是一种感动、一种收获。一个人如果在人生的旅途上永不后退、永不停滞，展现出人生的辉煌，与之交流也成为一种有益的启迪。

理解绝对是养育一切友情之果的土壤。

理解的分量

那时我失业了,为了生计,在朋友的介绍下,我去做临时推销员,推销一种保健口服液。当我满怀热情地敲开一扇又一扇门的时候,遇到的却是一张又一张冷漠的脸,有人干脆直接把我轰出来。我对自己说,再敲开最后一扇门,如果仍然没有人听我把话说完,我就放弃这份工作。

我随便走进一家单位,随便敲开了一扇门,屋里只有一个人,是位中年男子。"先生,您好,我是来推销一种保健口服液的……"我用最快的语速说了几句开场白。奇怪的是,这位男子并不像我以前遇到的那样,而是很有耐心地听我说完。然后,他微笑着说:"对不起,我并不需要这种口服液。但是我可以提醒你一下,要做好推销工作,首先要克服紧张情绪,其次要把话说清楚。你刚才的语速有点快。"

我说:"谢谢您的指教,您是第一个听我讲完话的人。"那人说的一句话,让我终生难忘。他说:"我理解你,因为我以前

一物等一主

也做过推销工作。"

是那位中年男子的"理解"使我鼓起了勇气，我不仅没有放弃推销这份工作，并且将它做得越来越好。

理解，多么美丽的字眼啊！只有被理解过的人，才最能体会到它的分量。

同病者之所以相怜，正在于相互理解对方的心情；两个生命濒临危机的人最容易相互救助，原因在于对对方处境的深切理解。生活中多一些理解，社会才会变得温馨而可爱。

还听说过一个故事：有个男人很贫穷，一直靠捡破烂维持生计。有一天，他在爱妻面前哭着说："我太没出息，让你受苦了。"不料，妻子却吻了吻他，温柔地说："不！你肯定能捡回一座金山！"就因为这句话，深受鼓舞的丈夫发奋努力，含辛茹苦，几后年果然成了著名的"破烂大王"，并进一步发展自己的事业，终于成为百万富翁。

威尔逊有句名言："理解绝对是养育一切友情之果的土壤。"理解，它表达出一种人与人之间互相尊重的渴望以及对多种选择的宽容，它曾激励人们在历史转折关头一步步走向成熟。

马克思说过，当我们彼此得到理解的时候，智慧是不会枯竭的；智慧同智慧相碰，就迸溅出无数的火花。

多一分理解，就多一分宽容；

多一分理解，就多一分温馨！

在人生的四季里，如果不抓紧时机辛勤耕耘，到头来将毫无收获。

父爱是一张犁

回老家时，我遇见了儿时的同学强子。与以前不同的是，强子如今必须靠着轮椅才能够活动。强子跟我讲了他的经历：

19岁那年，我高考落榜了。父亲东拼西凑给我借了400元钱的学费，鼓励我再复习一年。可是，天有不测风云，就在我入校的第一天，一场意外的车祸无情地夺去了我的右腿。

我无法相信，命运和我开了这么大的一个玩笑。躺在医院的病床上，我的脑海中一片空白。我知道，这场车祸碾碎了我所有的梦想。

当我透过病房的玻璃窗，看到对面一所学校的操场上一群男孩正在踢足球时，我止不住泪流满面，狠狠地捶打着那半截幸存的右腿。母亲也掩饰不住内心的悲痛，陪着我默默地流泪，父亲则一言不发，蹲在病房的门口抽烟。

等我可以拄着拐杖下地走动的时候，我被父亲接回了家。在昏暗的灯光下，看到年迈的父母为我熬药、端饭，我心如

一物等一主

刀绞。

渐渐地，我开始变得烦躁起来，折断了所有的笔，撕烂了所有的课本。有好几次，我用额头撞墙，直撞得满脸是血。那时候，任何劝说对我而言都已经无济于事，我感到我的存在只会加重父母的负担，活着已经没有多大意义。

一天，父亲让我坐上轮椅，推着我走到村外。

当我看到柳条已经开始泛绿，小河已经解冻时，才知道，春天已经来临了，呼吸着清新的空气，我的心情好多了。

父亲把我推到一块麦地前停了下来。看着绿油油的麦苗，我不解地问父亲："爹，你带我来这里干啥？"父亲蹲在地边，点着了烟说："这是你二叔家的麦地，你看长得好吗？"我点点头。"你再看那一块，那是咱家的地。"顺着父亲的手指，我看到了一片和荒地差不多的麦地，稀稀落落地点缀着一些绿色。父亲说："咱家这阵子的事儿太多，没有来得及把地犁一遍，我就种上了麦子，结果长成了这样，这一季收成肯定不好了。"父亲吸了一口烟，接着说："不过，下一季我要好好地收拾收拾，深翻一遍再施点肥，种点别的，还能弥补一下损失。俗话说得好啊，地荒了只能荒一季，而人荒了就会荒一辈子啊。地种不好下一季还能再种，而人老了就不会再有少年了。"我明白了父亲的良苦用心，他是在用一种朴素的方式教育我，不要再这样消沉下去了呀。

回到家后，我思索了良久，最后让父亲替我找来一摞家电维修方面的书籍，开始了自学。我想通了，虽然我失去了右腿，但我没有失去双手和大脑，身体的残缺并不能说明我的思想也是残缺的。

寒来暑往,四年时光匆匆而过。如今我已拥有了属于自己的一个家电维修部和一个家电维修培训学校,每当我看到顾客满意地走出我的小店时,或者当我送出一批又一批学生时,我的心里便如沐春风。

强子对我说,他时常会想起父亲当年在麦地前给他说的那番话,它不仅鼓起了他生活的勇气,也使他深切地感受到了那一份沉甸甸的父爱。对强子来说,父爱就像是一张犁,犁开了他那本已冰冷僵硬的心田,使之松软、肥沃,并在强子的心灵里播下了希望的种子,教他懂得人生不能懈怠、不能敷衍、更不能因为一时的挫折而消沉下去。在人生的四季里,如果不抓紧时机辛勤耕耘,到头来将毫无收获。

第三辑 瞬间的永恒

瞬间是组成我们生命的材料，日复一日，年复一年。瞬间是短暂的也是永恒的，轻视乃至忽视瞬间无疑是在漠视自己的生命。

正视幸福,有时要比正视痛苦还困难。

承受幸福

1996年10月8日,82岁高龄的威廉·维克里获得了诺贝尔经济学奖。在此之前的60年里,威廉·维克里一直在美国哥伦比亚大学任教,埋头研究经济学,其研究成果在相当长的一段时间里,一直得不到公众的承认。如今能够获得诺贝尔大奖,对他来说,应该算是人生中最幸福的事情了。然而不幸的是,在他获奖的三天之后,竟然与世长辞了。据称,维克里是由于过分激动导致心脏病突发而死亡。

一般来说,人们都认为痛苦是最难以承受的。其实,有时候幸福和痛苦一样能够轻而易举地击败一个人。

幸福之所以能够摧垮一个人,是因为人们把幸福看得过重,或者幸福来得突然,让人毫无思想准备。固然,追求成功和幸福是人们普遍的良好愿望。但是追求的过程就是奋斗、摸索和等待的过程,追求的本身也是一种幸福。如果幸福突然而至,就好像通过一条长长的隧道,而一旦走出洞口,人很难适应那

一物等一主

刺眼的阳光一样，面对突如其来的幸福，人会变得兴奋异常而不知所措。这样的结果，在生理上有可能导致人的某些功能失调产生疾病；在人生的态度上，有可能使人飘飘然而不思进取，甚至会因此而乐极生悲。

承受幸福，就是要正视幸福。应该知道，凭着一时的侥幸获得的幸福，不是真正的幸福。幸福是用自己的心血和汗水换回的一枚枚果实；幸福是用自己的真情和执着赢来的一片片温馨；幸福更多的时候是一种心旷神怡的感觉。面对幸福，就如同面对一坛陈年老酒，只有细品慢咽，才会品出真正的香醇甜美。

正视幸福，有时要比正视痛苦还困难，因为在幸福面前，人们的应对策略往往没有在痛苦时那么充分，也许这也是人的一个弱点。承受幸福，就是要珍惜幸福，而不是一味地沉湎其中。收藏起那份成功和幸福，尽快把人生的追求调整到一个新的高度。

木以绳直、金以淬刚。

人生也有磨合期

那天，我买了一辆摩托车，卖车的师傅告诉我，在新车的磨合期，一定要注意控制车速，否则就会影响发动机的寿命。我问什么是磨合期。他解释说，新车由于各个部件都比较锋利，齿轮之间要经过一段时期的摩擦接触，直至接触面光滑了，适应了，才会发挥较好的效能；反之，齿轮极易损坏。一般来说，新车在1000公里以内为磨合期。

骑上新车，我一直琢磨着"磨合"这个词。仔细想想，有磨合期的又何止摩托车呢，人生不也有磨合期吗？

对人生而言，走出校门步入社会是一个最明显的磨合期了。涉世之初，面临一个新的工作环境、人际关系，我们首先要学会放慢速度，多观察学习，在钻研业务知识的同时，还要学会处理各种人际关系。取得一点成绩时，不要沾沾自喜、目空一切；遇到挫折失败时，也不要悲观失望、一蹶不振，应该始终保持一种自信和不断的进取精神。古人云："适者生存。"只有

一物等一主

适应了大的环境,然后发挥自己的优势,才会"海阔凭鱼跃,天高任鸟飞"。

一对恋人组成一个家庭后,也必然要经历一个磨合期。不管婚前两个人如何情真意切、海誓山盟,一旦结合以后,都必须承担为人夫、为人妻的责任,都要面对诸如柴米油盐之类的生活琐事。对待生活中一些磕磕碰碰,双方都应学会理解、宽容与忍让;对待一些突如其来的困难,两个人更要齐心协力,共同承受生活的风风雨雨。如此,才会拥有一个幸福而温馨的家。

对于失业人员来说,更要经历一个非常重要的磨合期。对待失业,有的人坐等观望、无所适从;有的人浮躁不安、急于求成;还有的人迅速调整心态,从零做起。在失业之后,只要我们抱定一个信念,只要我们的心灵永不下岗,只要我们付出了辛勤的汗水,我们就会开辟出一片属于自己的新天地。

人生中,还有许许多多的磨合期,比如身处逆境时,人到更年期时等。其实,人生就是一个不断磨合的过程,在这个过程中,有的人懂得百折不挠、泰然自若,因而活得充实而幸福;有的人不愿吃苦,害怕失败,结果苦恼和失败常常相随。让我们正视磨合、迎接人生中的磨合吧。磨合是一种锲而不舍的坚持与不甘屈服的韧性,磨合是一种成功前的等待与执着。木以绳直、金以淬刚。只有从容不迫地对待生活中的挫折,镇定自若地面对人生苦难的人,才能真正领略人生美丽的风景。

聪明的人善于把它深深地埋在心底，用努力和汗水浇灌，使之发芽、开花、结果。

深埋一粒种子

有这样一个美国人：他22岁做生意失败，23岁竞选州议员失败，24岁做生意再次失败，25岁当选州议员，26岁爱人去世，27岁精神崩溃，29岁竞选州议长失败，31岁竞选选举人团失败，34岁竞选国会议员失败，37岁竞选国会议员，39岁国会议员连任失败，46岁竞选参议员失败，47岁竞选副总统失败，49岁竞选参议员再次失败，51岁终于当选美国总统。这个人就是林肯，是公认的美国历史上最伟大的总统。

只要我们留心一些就会发现，大凡杰出人物在其辉煌人生的背后，都曾品尝过挫折和失败的苦涩。司马迁曾因"李陵之祸"而惨遭宫刑；"诗圣"杜甫则有过两次参加科举考试失利的经历；就连料事如神的诸葛亮也有错用马谡，导致丢失街亭的失败记录。

俗话说，世上没有常胜将军。失败不可避免，失败也并不可怕，可怕的是败而自哀，谈败色变。败而不馁、败而言勇才

是强者的本色。著名的科学家艾尔弗雷德·诺贝尔，就曾经历过无数次的失败。他在1864年9月3日的一次实验中，不慎发生了硝化甘油爆炸，他的实验室顿时灰飞烟灭，他的弟弟被炸死。但这并没有动摇诺贝尔的决心和信念。在经过上百次的失败后，他终于用血的代价发明了雷管和炸药。以《人间喜剧》名扬天下的法国作家巴尔扎克，顽强的精神使他拥有大无畏的勇气，绝不向命运低头，与自身"悲剧"做着不屈的抗争，他曾在自己的手杖上刻了这样一句话："我粉碎了每一个障碍。"正是依靠这根"精神手杖"，使他从坎坷中开辟了一条不平凡的人生之路。

　　无论是谁，都会因为失败而付出代价，然而，失败是人生的训练场，只要你以明智的眼光去审视自己的失败，那么你同样可以从中收获利益的种子。如你因为骄傲而失败，那么它教你变得谦逊；你因为轻敌而失败，那么它教你学会审慎；你由于自不量力而失败，它教你变得客观；你由于拒谏而失败，它教你学会尊重别人的意见……

　　失败是一粒种子，聪明的人善于把它深深地埋在心底，用努力和汗水浇灌，使之发芽、开花、结果。在成功者的眼里，失败不只是暂时的挫折，失败更是一次次接受教育的机会。虽然"榜上无名，脚下有路"是句老话，但是无数事实证明，只要你坚持不懈去耕耘，总有一天，失败的种子也会长成参天大树。

生活中"马到成功"的事情很少,"水到渠成"的事情很多。

学会等待

在匆匆忙忙、风风雨雨的人生之路,你难免会遇到碰壁时的茫然、失意时的困惑。当你面对周围不太尽如人意的环境时,当你仰慕成功者的辉煌时,当你正视内心的疼痛和苍白时,你要冷静下来,暂时放慢你的脚步,因为你需要等待。

等待下一次机会,等待下一次崛起。

等待,不是无原则的停止,等待是另一种进步。

如果说,进取是一挂飞泻的瀑布,那么等待则是一潭深邃的湖泊;如果说,进取是雄鹰的翅膀,那么等待是雄鹰的双眼。所以说,等待并不是原地踏步,等待是进取中的思索。

学会等待,并不是一件容易的事情。急功近利者,不会等待,往往心浮气躁、慌不择路,常常一败涂地;狭隘自私者,不善等待,常常斤斤计较、睚眦必报,而失去许多机遇。

等待,是一种意志。等待,需要有冷静的头脑、坚定的目标、宽广的胸怀。姜子牙 80 岁遇文王,这是意志的磨炼。

一物等一主

没有熟透的果子是青涩的,未经吹打的心灵是稚嫩的。在没有学会游泳之前就茫然下海,是体会不到畅游之乐的,却有被淹死之危险。在爱情上,当两颗心还没有贴紧的时候,就匆匆结合,同样不会收获到真正的甜美。

所以,等待也是一份成熟。

当你历经蹉跎岁月和人生坎坷之后,你会懂得,人生一世不会总是一马平川,也不会总是春风拂面。生活中"马到成功"的事情很少,"水到渠成"的事情很多。

也许正是因为我们拥有年轻的心灵,才少了些慎重和平和,多了些气盛和浮躁;少了些等待和大度,多了些遗憾和无奈。

但有一天当你终于学会了心平气和地等待时,你也就拥有一份真正的成熟。

> 感动是对生活中真善美的认同和信任,是对自己心灵杂质的摒弃和净化。

因为感动

没有感动的人生绝对是残缺的人生。

没有感动便没有生活的激情,没有情感的涌动,平静的心海便宛如死水一潭,一切的交流都索然无味,一切的言语都苍白无力。没有感动,山盟海誓又算得了什么?因此,会生活的人从来不拒绝感动而时时去寻找感动。

感动是对生活中真善美的认同和信任,是对自己心灵杂质的摒弃和净化。接受感动就是拥有爱心和能够无私奉献的起点。

也许我们都有类似的感觉:在日复一日的奋斗中,我们得到了许多,也失去了许多。生活不仅磨蚀了一些人的韧性,也让他们变得孤独和冷漠,与自己无关的事情无暇也不愿再去多想,缺少了一种对生活本质的爱。更可怕的是,这些人常常因为社会的一点阴暗面或不平,而任凭心灵的冷漠与思想的麻木滋生蔓延。

是的,生活也许并不如我们想象得那样完美,但人心也并

一物等一主

非如我们想象的那样难以预测。正如不能因为太阳有黑子就否定它的光芒一样，我们也不能因为社会点滴的丑陋而否认所有的美丽，更不能因为一些人的贪婪而把它当作自己不再付出的理由。

"不以物喜，不以己悲"这是我等凡人难以抵达的境界。事实上我们也无须苛求自己去附庸风雅。只是我们在为自己快乐或忧伤的时候，也应该去感受一下别人的快乐或忧伤，并力所能及地共享或分担。无论是给予别人关怀还是接受别人的帮助，我们都应该为爱心的付出而感动，这是一个人，一个正直的有良知的人应该具备的品质。

那么，就让我们找回那份失落的感动吧。

感动于大自然的天然韵味，感动于人与人之间不言而喻的某种和谐；感动于大河的汹涌，也感动于细流的涓涓；感动于亲朋的关怀，也感动于陌路的指引……

因为感动，风也柔和、雨也烂漫；因为感动，远山似画、近水似诗。我们的生活因为感动而变得多姿多彩，世界因为感动也会变得无比美丽！

像鸿鹄飞越山岭,像骆驼穿越沙漠,高洁的志向和持久的耐力,始终是生命价值的两个筹码。

凝视生命

一直欣赏作家刘墉的那句话:把握我们有限的今生,迎向开阔的人生。

当我们呱呱坠地,当我们第一声啼哭时,这是生命的破晓鸡啼,这是生命的宣言书。我们在自己的哭声里诞生,又在别人的哭声里走向墓地,生命的两端都浸泡着泪水,生与死只有一步之遥。但两者之间又有着广阔的空间,可能是辉煌也可能是黯淡。

从某种意义上说,生命只是两片乌云之间的闪电,转瞬即逝。林黛玉哀叹"侬今葬花人笑痴,他年葬侬知是谁";古罗马的皇帝尼禄疯狂到火烧罗马城;莎士比亚笔下的哈姆雷特直问:"生存还是死亡?这是一个值得思考的问题。"人对于宇宙何其渺小,横扫六国的秦始皇,笑傲大漠的成吉思汗,雄霸欧洲的拿破仑,还有歌德、鲁迅、牛顿、爱因斯坦……然而这些伟人放之历史长河,不过沧海一粟。生命如此短暂,生命的价值在

于什么？从国王到乞丐，从英雄到死囚，从伟大到渺小，不过半步之遥。

生命不是一幅画，而是一种复杂深奥的存在；生活不是一首歌，而是一篇难以答好的考卷。生命中有那么多遗憾和无奈，有那么多无法实现的企盼和渴望。我们走出襁褓，便拥有了人生的权利和责任，谁都希望自己生命的田园开出芬芳的花朵，然而，生命之旅充满着坎坷和风雨。有人总在坐等、幻想上帝的赐予，他不知道幻想只是一线可怜的光束；有人总在苦苦寻觅一个绝对圆满的结局，他不知道这世界根本没有完全无瑕的美丽；有人总是缺乏自信，自怨没有飞往成功的羽翼；有人总是畏缩彷徨，往往与成功的契机失之交臂。

生命绝不只是绿叶拥簇的红花，更多的是苦涩远征中的荆棘杂草；生命绝不只是对春华秋实的满足，更多的是对夏暑冬寒的承担。我们的生命应是坚劲的犁铧，而不是林黛玉手中脆弱的花锄；我们的生命中应有雄浑磅礴的黄钟大吕，而不只是嘈嘈切切的丝竹管弦。我们生命的潮汐惊涛拍岸，我们青春的岩浆灼灼奔涌。

像鸿鹄飞越山岭，像骆驼穿越沙漠，高洁的志向和持久的耐力，始终是生命价值的两个筹码。蓦然回首人生之旅，你会惊异地发现，凡是你活得最苦最累最难的那一段，往往是最有意义的一段。

在无限时空面前，生命似乎是纤弱的，然而对于有限的人生来说，生命的力量又是强大的，它能战胜一切。世上最有力量的物质乃是人的生命。

凝视生命，让我们珍惜生命，因为生命只有一次。

在这个世界上,我们不可避免地经历着两种磨砺,一种来自生活,而另一种来自生命。

不能丢掉对生命的从容

朋友得了绝症,医生说属于他的时间超不过半年了。开始的时候,朋友的家属不敢把真实的情况告诉他。后来,在他再三的追问下,家属告诉了他。出乎人们意料的是,朋友并没有过多的悲伤之举,却是出奇的平静,来看望他的人都泪水涟涟,他倒安慰他们说:"你们都好好保重吧,我没事儿。"他十分认真地度过了半年的时间,然后平静而去,走的时候,脸上还带着微笑。

我被朋友深深地感动了。朋友用无声的语言告诉我,在这个世界上,我们最不能丢掉的应该是对生命的从容。

有一个流传很广的故事:一个人同准备远航的水手谈话,他问:"你的父亲是怎么死的?"水手回答:"出海捕鱼,遇到了强风暴,死在海里。""你祖父呢?""也死在海里。""那么,你还去出海,你不怕死在海里么?"水手没有立即回答,反问道:"你的父亲死在哪里?""死在床上。""你的祖父呢?""也死在床上。""那么,你每天睡在床上不害怕吗?"

水手的话也许会让许多人为之思考。是的,江河入海,叶落归根,人生终究要有一个归宿,也难免有意想不到的得与失。得之泰然,失之淡然,这就是生命的从容。

从容是一种执着,是一种气度。心无旁骛、意志坚强,能使我们的精神从容大度;思想纯正、行为端正,能让我们的步履从容。直面人生、看淡死亡,更是人生的一种大度从容。

很多时候,我们都以自己是高等动物而骄傲,明知生命的长与短无可抗拒,却十分惧怕死亡。只有具有死亡意识的人,才能真正具有生命意识。没有对死亡意义的透彻领悟,就没有对生命真谛的把握。孔子曰:"未知生,焉知死。"是对"生"的渴望、"生"的珍惜。而西方哲人说:"未知死,焉知生。"则是对"死"的思考、"死"的感悟。生活其实并不苍白,苍白的往往是失去色彩的心境。

在这个世界上,我们不可避免地经历着两种磨砺,一种来自生活,而另一种来自生命。生活难免琐碎、难免无奈、难免有许多只无形的手在改变着什么,而生命则不同,只要存在便具有活力。如果说,对于生活我们没有太多的主动权,但是对于生命,我们却可以更好地把握,只要生命存在一天,我们就可以让它绽放如五月的鲜花。纵使生命的本色总是淹没在忙忙碌碌的生活洪流之中,在不被人们注意的时刻,悄悄磨蚀了它的光泽,但只要它能够保持一分从容,那种神圣与庄严,那种达观与执着,会令人肃然起敬、为之感动。

行到水穷处,坐看云起时。这才是一种从容的境界啊!

深切地感念地球上一切生命的美好和短暂,这不仅仅是一种怜悯,更是一种珍惜。

因为敬畏,所以珍惜

英国有一位盲人大臣叫布伦克特,他三岁时就立志成为内阁大臣,并一直保持这种愿望,坚持不懈地奋斗。50年后,他真的成了英国第一位盲人大臣。

是的,只要能够珍视生命,那么创造奇迹就不会只是一个梦想。非洲有一个民族,婴儿刚生下就计为60岁的年龄,以后逐年递减,直到零岁。生命倒计时,这真是一个绝妙的计岁方法。面对有限的时光,他们定会好好利用。当他们到达预定的终点时,心中才不会有太多的遗憾。

不仅仅是人类。老黄牛临死时,总是伸直了双腿,也许它还想拉最后一次犁耙;小鸟儿被射中落地时,总是伸开了翅膀,也许它还想做最后一次飞翔;千里马咽气的时候,总是伸展了四肢,也许还想最后一次奔跑……

因此,我每次读到那些关于生命的故事,总是深切地感受到生命无法容留之短,无法承受之重;感受到在沧桑的变化之中,生命的高贵与美丽。

有一对夫妇,与伙伴们一起攀登一座峭崖,当快要接近崖顶时,忽然,丈夫一脚蹬空,掉了下来。这时在他下方5米远的妻子看得清清楚楚。于是,人们看见了攀崖运动史上最为壮烈的一幕:当丈夫的身体从妻子右侧坠落时,人们听到妻子一边喊着丈夫的名字,一边张开双臂扑向丈夫。他们夫妻紧紧拥抱着,坠向那700米深的崖底。

曾听说过,有一种鸟,当它的伴侣因故死去时,那种鸟便不再去找配偶了;还有一种鸟,当它的伴侣死去时,它便痛苦孤独地与它厮守,绝食,直到最后死亡。现在知道,在人世间,也有这般旷古奇绝的爱情故事。

佛说,修五百年能同舟,修千年才能同枕。当我听到这些爱情故事时,我都会对这种恒久而美丽的爱情心存敬畏。

让我们心存敬畏吧,敬畏爱情,敬畏生命。深切地感念地球上一切生命的美好和短暂,这不仅仅是一种怜悯,更是一种珍惜。

看重生命、看淡死亡，好好把握属于自己的岁月，尽可能多地给这个世界留下一些美丽的东西。

死亡是一个名词

我的儿子5岁了，已经上了一年级。别看他的年龄小，他的脑子里却装满了许多大人们的问题，有些还是大人们常常忽视的问题，比如，人的死亡。

也许是听说过或者见到过有人死亡的事情，儿子不止一次地和我谈论起"死亡"的话题。儿子问我："我们都会死吗？"我知道，对于"死亡"，儿子已经有了自己的认识，我不想欺骗他，就说："是的，我们都会死，不过随着我们国家的富强、医学的进步，我们的寿命会越来越长。"儿子突然变得很伤感，他说："爸爸，我不愿意死，我也不愿意让你死。"我看到，儿子的眼圈红红的，顿时，我的泪水夺眶而出，我不知道该怎样回答儿子，只是一言不发地抱紧儿子。

也许，如果不是儿子的提醒，我根本就不会想到人的死亡。在那一刻，我忽然感到，儿子的问题其实我们不应该回避。是的，不管我们是谁，都无法逃避死亡的命运。对于人生而言，

死亡是横亘在我们每一个人面前的一条河流，我们无法逾越，只能用自己的双足蹚过。

记得上大学时，几位同学用电脑算命，输入姓名、生日等信息，然后打印出一张纸，一个人的命运就印在上面了，记得上面还包括每个人长短不一的寿命。那时，我们当然不相信电脑算命，互相打闹嬉笑着。如今想起来，电脑算命固然不可信，但是它给我们每个人一个提醒，提醒我们懂得，对于每一个人而言，人生都是一个短暂的过程，或者说，我们的生命都是倒计时的，我们都在向着终点一步一步靠近。

是啊，一生一世，多么值得留恋和珍惜呀！想想吧，在过去的岁月里，我们是否虚度过许多美好的光阴？是否让美好的日子白白地流逝？是否让一些无谓的烦恼占据内心？我们固然无法阻挡生命年轮前进的脚步，无法任意延长生命的长度，但是，我们能否提高一下活着的质量，以增加生命的宽度？

我的一位中学老师，如今已经年近80岁，生活平淡无奇，内心世界却极其丰富，他写作、练字、养花、垂钓，参加各种公益事业，生活充实而忙碌。当我和他谈论起死亡时，老人只是淡淡地说："在我看来，死亡只不过是一个名词而已，而我的生命是一个永远的动词。"

死亡是一个名词，这是一位历经沧桑的老人发自内心的感悟。他告诉我们，看重生命、看淡死亡，好好把握属于自己的岁月，尽可能多地给这个世界留下一些美丽的东西。

第四辑 智者点金

一些人常常烦恼,是因为他们的生活往往与排场有关,与实际需要无关;与面子有关,与愉快无关;与时尚有关,与真正的品味无关。

其实，这位农民更是一位智者。

智者点金

古时候，有位智者，点什么东西都能成金。

一次他得了重病，倒在了一家农舍前。农舍主人看到后，救了他。智者非常感激这个农民，为表谢意，便把他家所有的东西包括房子都点成了金子。然而，那位农民并不满意，要求智者把他家所有的东西再恢复原来的样子。智者很吃惊，问为何。农民回答说："这么多金子不是福，而是祸。"农民进一步说："金子多了强盗必然来打劫，使我日夜不得安宁；金子多了，有人必来谋财害我，惹来杀身之祸；金子多了，儿女们必会因为有钱而不再努力，坐吃山空，没有本事，等于把他们害了。我只想求你教我一点点金术的方法，当家里揭不开锅了或看到别人没饭吃的时候，就点一点；以后哪个儿子能成器，临死时再传给他。"智者一听，觉得这位农民的话非常有道理，见他心地又善良，就把点金术教给了他，结果这位农民受益了一辈子。

一物等一主

其实,这位农民更是一位智者,因为他懂得,有时候财富并不等于幸福。一些有钱人常常烦恼,是因为他们的消费往往与排场有关,与实际需要无关;与面子有关,与愉快无关;与时尚有关,与真正的品味无关。

有时候，残缺也能够创造出美丽。

一路花香

  我的同学辉，小时候因患小儿麻痹症导致左腿残疾。上学后，在别人面前他一直不敢抬头，总是蜷缩在教室的某个角落，学习成绩也很差。初二那年，辉的性格竟雨过天晴般地开朗起来，变得有说有笑。后来他考上了重点高中，又以优异的高考成绩被某政法大学破格录取。当时我们都搞不清辉迅速转变的原因，直到多年以后的一次同学联谊会上，辉才说出，改变他一生的其实只是一个故事。

  辉给我们讲了那个故事：

  一个人有两只木桶，一只完好无缺，一只布满了裂痕。主人每天都提着两只桶去山上接水，然后再原路返回。当然，回到家后，好桶里的水总是满满的，而坏桶里的水洒得只剩下了半桶。于是，好桶每天都嘲笑那只倒霉的坏桶，坏桶也总是黯然神伤。渐渐地，主人也开始讨厌那只漏水的桶了。日子一天天过去了。有一天，主人又去山上接水。按照习惯，主人左手

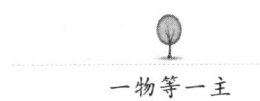

一物等一主

提着好桶，右手提着坏桶。忽然主人注意到，小路的右侧鲜花盛开，蜂蝶翩翩，而左侧光秃秃的什么也没有。原来，坏桶滴洒出的水竟滋养出了一路的美丽风光。主人这才明白了一个道理：有时候，残缺也能够创造出美丽。

辉也明白了一个道理：身体的残疾并不可怕，可怕的是心灵的绝望。从此，辉鼓起了生活的勇气，在自己的人生路上，绽放出一路花香。

其实，我们每个人都是一只或多或少带有裂痕的木桶，因为世界上没有绝对的完美。只要我们善待自己，那么每个人脚下的路都将铺满鲜花、洒满阳光。

没有人能够使你倒下，如果你自己的信念还站立着的话。

有一种力量叫信念

相传，有一位国王被仇敌追杀，不得已只好躲到一间破屋中避难。他在那里独坐了许久，可谓万念俱灰。在他陷入绝望的关头，不经意间发现一只蚂蚁正背着一颗比它自己身体要大数倍的麦粒，奋勇地往墙上拖，却一而再，再而三地摔下来。在一旁观看的国王就默默地数，数蚂蚁掉下来的次数，一次又一次地失败，蚂蚁仍在不懈地努力，在第十七次时，它终于背负胜利品爬上了墙头。看到这番情形，国王逐渐振作起来。小小的蚂蚁都有战胜挫折、坚持到底的决心，更何况一国之君！后来，他以百倍的信心与无比的毅力，终于恢复了国家昔日的辉煌。

马丁·路德金说过："这个世界上，没有人能够使你倒下，如果你自己的信念还站立着的话。"对一个有志者来说，信念永远是他立身的法宝。信念的力量在于，即使你身处逆境，它也能帮助你鼓起前进的风帆；信念的魅力在于，即使你遭遇不幸，

它也能召唤你鼓起生活勇气。生活中有了信念,就像有了一轮冉冉升起的太阳,给人温暖;事业中有了信念,就像攀登险峰有了拐杖,给人以支撑。

曾经有一个叫马维尔的法国记者,他在1914年的某一天下决心学习汉语。这一年马维尔76岁,对于他的这一举动,不少人都做摇头状,因为大多数人认为,像他这么大的年纪还要学习汉语,不仅没有必要,而且太晚了,再说,即使他学会了,又有什么用处呢?但马维尔不为别人的劝说所动。他坚定一个信念:一定学会汉语,一定让它派上用场。1917年,马维尔来到广州,他已能操一口流利的汉语和孙中山亲切交谈,而且能准确理解、把握孙中山先生的每一句话,并写成文章,详细地介绍中国社会的变革。这一年,马维尔79岁。

拥有信念,就拥有一种力量。在人生的路上,拥有信念,永远不会晚。

心灵花园

多为别人想想,其实就是在多为自己着想。

为别人想想

朋友开了一家商店。商店的门是双向能开的,也就是无论在里面或者在外面,都可以推,也可以拉。朋友注意到,这样会造成诸多麻烦。比如,里面的人正要出去,外面的人正要进来,稍有不慎,门就会撞上某一个人的脑袋。

于是朋友找来工匠,把门改为单向开关,并且在门外侧写上"请拉门",在门内侧写上"请推门"。从此再也没有顾客被门撞过。朋友的生意也越做越红火。

在生意场上,多为别人想想,其实就是在多为自己着想。固然有人会说"天下熙熙,皆为利来;天下攘攘,皆为利往",然而聪明的人总是懂得"予人就是予己"。

能更多地为别人想一想是可贵的。

假如你是一个商人,你应该多为对方想一想,在生意场上,只有双方共赢,"赢"才能保持长久。假如你是一个上司,你要多替下属想一想,这样会易于管理。作为一个下属,如果你也

一物等一主

能替上司想一想，你将会更多地得到上司的信任。在人与人之间，如果能替别人想想，则会省去许多不必要的纷争。

在你幸福的时候替别人着想，这是一种恩泽；在别人犯错的时候替别人着想，这是一种宽容。

一粒种子的方向是冲出土壤,寻找阳光。而一条根的方向是伸向土层,汲取更多的水分。

成功的一半是方向

在20世纪40年代,有一个年轻人先后在慕尼黑和巴黎的美术学校学习画画。二战结束后,他靠卖自己的画为生。

一天,他的一幅未署名的画,被他人误认为毕加索的画而出高价买走。这件事情给他一个启发。于是他开始大量地模仿毕加索的画,并且一模仿就是20多年。

20多年后,他一个人来到西班牙的一个小岛,他渴望安顿下来,筑一个巢。他又拿起画笔,画了一些风景和肖像画,每幅都签上了自己的真名。但是这些画过于感伤,有些不合时宜,主题也不明确,因此根本得不到认可。更不幸的是,当局终于查出他就是那位躲在幕后的假画制造者,考虑到他是一个流亡者,所以没有判他永久驱逐,而给了他两个月的监禁。

这个人就是埃尔米尔·霍里。

毋庸置疑,霍里有独特的天赋和才华,但是由于没有找准自己努力的方向,终于陷进泥淖之中,不能自拔,最终难逃悲

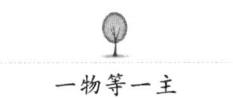
一物等一主

惨的结局。最为可惜的是，他在长时间模仿他人的过程中，渐渐迷失了自己，再也画不出真正属于自己的作品了。

对人生而言，努力固然重要，但是更重要的则是选择努力的方向。

有一个年轻人，痴迷于写作，每天笔耕不辍，用钢笔把稿件誊写得清清楚楚，寄给天南地北的报刊，然而，结果只收到一纸不予采用的通知。他很苦恼，拿着稿子专门去请教一位名作家。作家看了他的稿子，只说了一句话："你为什么不去练习书法呢？"

5年以后，他凭着自己出众的硬笔书法作品加入了省书协。

一粒种子的方向是冲出土壤，寻找阳光。而一条根的方向是伸向土层，汲取更多的水分。人生如是，正确的方向让我们事半功倍，而错误的方向会让我们误入歧途，甚至误人一生。

激情飞扬、天荒地老是一种爱，惊鸿一瞥、不着一色也是一种爱。

爱情是道加减法

上大学时，教我们高等数学的是一位幽默风趣的老头，课堂之余，常和我们谈论些别的话题。一次，他问我们什么是真正的爱情，我们七嘴八舌地回答，有的说爱情就是浪漫，有的说爱情就是随缘。老师最后说，我认为，爱情其实就是数学中的一道加减法。见我们不解，他进一步做了解释。

恋爱开始的时候，爱情是一道加法。比如深情的目光、温柔的话语，比如玫瑰花、相思豆、爱情诗，不管是书上看来的、电视上学来的，还是自己苦思冥想出来的，凡是与爱情有关的情节都有可能加在爱情上。等到有一天，你和爱人走进婚姻的殿堂，开始日出而作、日落而息地奔忙时，你才会意识到：以婚姻之重，其实也不能承受一抹浪漫之轻。于是，你开始自觉不自觉地运用起爱情的减法——减去细枝末节，减去一些小动作、小花招，只剩下最本质的东西：肩负共同的责任，偕老终生。

一物等一主

当时,老师的这段话并没有引起我们的共鸣,随着岁月流逝,我们才渐渐懂得其中含义。

有人曾问罗丹雕塑大法,他答曰:"减去多余部分。"这是艺术上的减法。有人说:"人握拳而来,撒手而去,先是一件件索取,后又一件件疏散。"这是人生的减法。爱情也一样,走着一条由多而一的回归之路。正如一首歌的名字:爱就一个字。是的,激情飞扬、天荒地老是一种爱,惊鸿一瞥、不着一色也是一种爱。在人生中,洗尽铅华的爱,才最能让我们感到宁静和充盈。

第五辑 心系一处

愚公荷锸移山，终得天帝相助；达摩静坐参禅，石壁为之感化。"心系一处"是一种无坚不摧的力量，任何艰难或者困苦，在它的面前都会变得微不足道。

只有深谙经营之道,才不愧为真正的商人;只有掌握人生玄机,才算是真正的智者。

经营的玄机

离我家不远,有一家卖水煎包的店铺。店老板有60多岁的年纪,据说,他们家世代以卖水煎包为生,他做的水煎包馅儿大、皮儿薄,吃起来又焦又嫩又香,因此,每天在店门口排队等候的人络绎不绝。

因为爱吃水煎包,我也常常在店门口等待,但是等待并不意味着每次都能吃到包子,因为老板每天只做10锅包子。有好几次,老板对着漫长的队伍说:"各位,今天对不住大家了,包子馅已经用完了,你们明天再来吧。不好意思,不好意思。"有一次,我等了将近一个钟头,最后也没有买着包子,心里不免有些怨气,我找到老板说:"你就不能多调一点馅?"老板笑眯眯地说着好好好。第二天,仍然只做了10锅。眼看着等候的人抱怨着离去,老板却不急不躁。

后来,我和老板混熟了,在我的再三追问下,老板才告诉我其中的玄机。老板说,他之所以每天只打10锅包子,是故意让一部分人买不到,并且说这是祖上传下的规矩,目的就是为了生意的长远。我说,你得罪了那么多买不到包子的人,这生意还怎么长远?老板笑着说,其实,人们都有一个心理,越办不到的事情越想办到。他今天买不到我的包子,明天一定还想着买,明天买不到,后天他肯定来得更早。这就会永远有一部分人想着吃我的包子,我就是给他们留一个"想头儿"。

原来如此。我不禁惊叹店老板的经营智慧。

原来读报,看到大名鼎鼎的五粮液集团在酒类产品的营销上,居然和这家包子铺的经营观有相同之处。比如市场上有1万吨的需求量,五粮液集团就只生产8000吨。据说这是采用相对饥饿的销售法,它使得产品更加供不应求。

五粮液的"相对饥饿"和包子铺的"留个想头儿",使我懂得了,经营真的是一门学问、一种智慧。商场上的输赢胜败,关键在于经营者是否善于抓住其中的玄机。再想一想,人生何尝不亦是如此?要想使自己的人生少些遗憾,除了刻苦努力,掌握必备的知识、能力之外,还要学会运用策略,或以退为进,或以守为攻,或四面出击,或孤注一掷……

只有深谙经营之道,才不愧为真正的商人;只有掌握人生玄机,才算是真正的智者。

老片的话使我豁然开朗。如今多少年过去了,这个绝招我屡试不爽。

一二三,睁开眼

20多年前,我家门口有一家照相馆,店老板姓啥叫啥不太清楚,人们都叫他的外号"老片",至于为什么叫老片,我也不得而知。

那时候,我刚从大学毕业,闲着无聊,就背着一个照相机四处乱窜,这里照一张,那里照一张,经过慢慢摸索,拍的照片也像那么一回事儿了。于是有些熟人偶尔喊我给他们照相,大多是照合影,比如"某某会议留念""欢送某某同志留念"之类的相片。我照好以后,放在老片的照相馆里冲洗出来,然后再送回去,赚取中间的差价。一来二去和老片混熟了,他在价格上不断给予优惠,我也趁机向他讨教一些照相的经验。

渐渐地我感觉到,照相在技术上不难掌握,无非就是调好焦距、光圈,选取角度。我最担心的是,照合影时照出来"瞎子"。尽管我在照合影以前,都提醒他们"注意注意,别眨眼、别眨眼",可是相片出来以后,还是不可避免地有一些"瞎子"。

一物等一主

要是普通的人"瞎"了也无所谓,要是领导成了"瞎子",就不好交代了。

但是我发现,老片照出来的合影几乎没有一个是"瞎子"。我不禁纳闷,就算是巧合也不可能每次都巧合呀,这里面肯定有秘诀。于是,我决定去找老片请教。

老片那时候已经是60多岁的老头了,头发已经谢顶,只有左侧的一缕长发勉强在"支援中央"。听完我的疑问,老片说:"我懂得法术,在我照相的时候,念上几遍咒语,谁也不敢眨眼。"说完,老片自己先笑了,我当然知道他在开玩笑,就说:"你少糊弄我,快说用什么办法?"老片说:"这可是我多年积累的经验,咋能随便告诉你?要不你就表示一下。"我知道,老片爱吃羊下水,爱喝烧锅酒,于是答应请他喝一壶。

晚上,在一家小饭馆里,我和老片相对而坐,我们要了两大盘刚出锅的羊下水,要了一瓶57度烧锅酒。老片有点迫不及待地打开酒瓶,用鼻子闻了闻酒香。我说:"老片,现在可以说了吧?"老片说:"不急不急,先喝点儿。"

老片不慌不忙地喝了半瓶酒,然后才问我:"你先说说,你是咋照的?"我说:"我照的时候,先提醒他们别眨眼,然后喊一、二、三,摁快门,出来就有不少'瞎子'。后来我改成喊一、二、三、四,多给他们留一些时间,但是还不行。"老片说:"其实,我也是喊一、二、三,就出不来'瞎子'。"我说:"那到底该怎么办?"老片说:"你不能控制他们眨眼,你还不能控制他们闭眼吗?你应该对他们说,当你喊一和二的时候,请他们闭上眼睛,喊三的时候,让他们一齐睁开眼睛。此时你抓紧按下快门,怎么还会有'瞎子'呢?小伙子,多动动脑筋,其实天底下什么事情都很简单。"

老片的话使我豁然开朗。如今多少年过去了,这个绝招我屡试不爽。

时光如梭,如今的老片早已去世,他的照相馆已经改成婚纱摄影楼,几个扎着辫子、染着头发的男人在打点着。每次经过,我都会想起老片,想起他说过的一番话。是的,其实世界上好多事情包括智慧都是简单的,关键是你是否善于思考和发现。

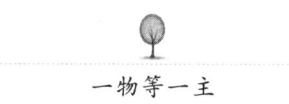
一物等一主

师傅告诉我们,能做精一件事就不容易了。有时候,你想样样精,结果样样松。

一辈子,一碗汤

我家门前有两家卖老豆腐的小店。一家叫"潘记",另一家叫"张记"。

两年前,这两家店几乎是同时开张。刚开始,潘记的生意十分兴隆,吃老豆腐的人得排队等候,来得稍晚就吃不上了。这潘记老豆腐的特点是:豆腐做得很结实,口感好,加上给的量特别大。相比之下,张记老豆腐就不一样了,首先是豆腐做得软,软得像汤汁,不成形状,其次是给的豆腐少,加的汤多,一碗老豆腐多半碗汤,与潘记老豆腐形成鲜明的对比。

因此,有一段时间,张记的门前冷冷清清。

有一天早上,因为我起床晚了,只好来到张记的豆腐店。吃完了一碗老豆腐,老板走过来,笑着问我豆腐怎么样。我实话实说:"味道还行,就是豆腐有点软。"老板笑了笑,竟然有几分满意的样子。我说:"你怎么不学学潘记呢?"老板有些茫然地看着我说:"学他什么呀?"我说:"把豆腐做得结实一点呀。"老板更不解地说:"我为什么要学他呢?"沉思了一下,老板说:"我知道了,你是说,来我这边吃豆腐的人少,是吗?"我点点头。老板说:"这样吧,你两个月以后再来一次,看看是不是会有变化。"

大概一个多月以后,张记的门前居然真的也排起了长队。我很好奇,也排队买了一碗,看看碗里的豆腐,仍然是稀稀的汤汁,和以前没什么两样,吃起来也是以前的口感。

等老板闲下来,我们又坐在一起,老板脸上仍然挂着憨厚的笑。我也笑着问:"能告诉我这其中的秘诀吗?"老板说:"其实,我和潘记的老板是师兄弟。"我有些惊讶:"可你们做的豆腐不一样呀!"老板说:"是不一样。"老板点着一支烟,缓缓地说:"说实话,我师兄——潘记做的豆腐确实好,我真比不上,但我的豆腐汤是加入好几种动物的骨头,再配上调料,再经过12个小时熬制而成的,我师兄在这方面就不如我了。"

见我还有些不解,老板继续解释:"这是我师傅特意传授给我们的。师傅说,生意要想长远,就要有自己的特长。师傅还告诉我们,'吃'的生意最难做,因为众口难调,人的口味是不断变化的,即使是山珍海味,经常吃也会烦,因此师傅传给我们不同手艺。这样,人们吃腻了我师兄的豆腐,就会到我这里来喝汤。时间长了,人们还会回到我师兄那里。再过一段时间,人们还会来。这样我们师兄弟的生意就能比较长远地做下去,并且互不影响。"

我试探地问:"你难道就不想跟师兄学做豆腐么?"老板却说:"师傅告诉我们,能做精一件事就不容易了。有时候,你想样样精,结果样样松。"

张记老板的一番话让我陷入了深思。我在想一些和老豆腐无关的事情,比如一个人的口味,一个人的特长,以及一个人一辈子的坚守……

一物等一主

在这个越来越喧嚣的世界,我们的目光常常被五光十色、光怪陆离的景色所吸引,能守住内心的一片宁静的确不易。

心系一处

在我的书房里,悬挂着一个条幅,上面是我自书的四个字——"心系一处"。最初知道这句话,是在作家贾平凹的一篇文章里:"一个和尚曾给我传授过成就大事的秘诀:心系一处,守口如瓶。"我之所以单取"心系一处"为座右铭,是因为我觉得,对我自己而言,"守口如瓶"并不重要,能做到"心系一处"才难能可贵。

"心系一处"是人生的一种定力,没有坚强的韧性、持续的耐力,很难达到。世界著名的物理学家丁肇中先生,仅用5年多时间就获得了物理、数学双学士和物理学博士学位,并于1976年在他40岁时就获得了诺贝尔物理学奖。丁先生说:"与物理无关的事情我从来不参与。"事实的确如此,他是麻省理工学院咨询委员会成员,但几十年来他仅参加过两三次咨询会议,他的精力集中在科学上,集中在探索宇宙的奥秘上。很多人都认为他是一个天才,但丁肇中认为:"绝对不是,我最大的特点是比较专心。"他在实验室里做实验，有时候接连四五天不睡觉，是他的专心致志使得他的实验获得成功。

在这个越来越喧嚣的世界，我们的目光常常被五光十色、光怪陆离的景色所吸引，能守住内心的一片宁静的确不易。作家苏童自《妻妾成群》被改编成电影后名声大振，上门的采访者、崇拜者络绎不绝，但是苏童很冷静，他对记者说："门外的繁华不是我的繁华，我是过室内生活的人，一直很安静，现在更安静。"另一个作家二月河，一直把"务外非君子，守中是丈夫"作为自己的座右铭，他说："君子守中不务外，我只想老老实实地做个写书人。"对于许许多多的成功者而言，其实成功没有多少秘诀，无非就是他们比常人更能"心系一处"而已。

"蚓无爪牙之利，筋骨之强，而能上食埃土，下饮黄泉，用心一也。"能够做到"心系一处"是一种智慧。这种智慧不是一意孤行的固执，而是繁华过后的觉醒，不是缺乏思想的单纯，而是一种去繁就简的境界。试想，一个人的一生即使活到80岁，才仅仅有两万九千天，除去睡觉、吃饭等闲杂时间，所剩无几。倘若在这短短的一生之中再左顾右盼，走走停停，又会留下多少清晰的脚印呢？只有那些真正心无旁骛的人，才能够站在人生的高处。

诚如法国当代思想家薇依所说："注意力的培养是学校教学的真正目的，并且可以说是唯一的意义所在。"倘若一个小孩子在小小的年龄就懂得了专心致志、全神贯注，那么，可以说他已经找到了通向成功的大门。

愚公荷锸移山，终得天帝相助；达摩静坐参禅，石壁为之

一物等一主

感化。在这里,"心系一处"变为一种无坚不摧的力量,任何艰难或者困苦,在它的面前都会变得微不足道。是的,当你处在人生的低谷时,"心系一处"会让你学会坚持,带给你重振雄风的希望;当你位于辉煌的巅峰时,"心系一处"能带给你一份清凉,让你始终保持清醒的头脑。

一生的时间，短暂而宝贵，如果全部用在寻觅、占有上，生命的意义也会变得庸俗不堪。

点击"收藏"

那天上网浏览，当我又随手在IE的上方点击"收藏夹"按钮的时候，才注意到，此时我的收藏夹内已经罗列了数十个网址，用鼠标一路拖下去，才发现其实有近三分之二的网址，自从收藏起来以后，就从来没有打开过。

想想当初，在点击"收藏"的时候，内心是一种怎样的心情啊，肯定一阵激动，至少是眼前一亮，认为这个网页很有保存的价值，于是，便认真地收藏起来。谁知道，收藏也就收藏了，再也没有时间或者心思翻阅这些网址，以至于有些网址当初保存的目的是什么，也渐渐淡忘。尽管如此，我似乎仍然乐于点击"收藏"，顺着网页上的友情链接，一路点击下去，也一路收藏下去。每次上网好像收获颇多，然而，却都是浮光掠影地看了一个大概、几个题目、几张图片而已，宝贵的时间在我的点击声中悄悄流逝。回头看看，才蓦地明白，自己真正"收藏"的东西寥寥无几。

一物等一主

与上网乐于"收藏"一样,我外出旅游时,常常在一开始就用相机随便对准景点,啪啪地照个不停,等到真的遇见了奇景美色的时候,胶卷已经用完了,那时只能懊悔自己的贪心了。

也许,我们每个人的内心深处,都有着一种强烈的占有欲,这种欲望的表现就是"收藏",不仅仅是那些文人墨客,那些商人、官员或多或少都有着收藏的癖好。

贾平凹先生说过,我们收藏物,同时也被物收藏。想想这句话,充满着禅的意味。是的,我们的生命有限,而物的生命相对人类而言,要漫长得多。相比之下,漫无目的的收藏就显得有些悲哀了。

而我的一位朋友在电脑的收藏夹里,只保留了一个网址——"百度搜索网页",朋友说,我想查阅什么资料,只要在这里搜索一下就有了,何必再多此一举添加进来呢,再说,我也没有太多的时间浏览那么多的网页,我只找我需要的。

"只找需要的"——朋友的话让我惊醒。一生的时间,短暂而宝贵,如果,全部用在寻觅、占有上,生命的意义也会变得庸俗不堪。懂得选取最需要的,才是一种智慧。

其实,一个人行走在这个世界上,有没有人喝彩并不重要,重要的是,自己有没有执着地走下去。

春华秋实

在我的书架上摆着一本书,我把它摆在最显眼的地方,闲暇时就抽出来,细细地品读一番。

这本书的作者是我的一位老师,姓王,今年已70多岁。只会教书、写作的王老师,老伴长年卧病在床,又没有儿女,他这大半辈子的生活一贫如洗。但老师对待写作极其虔诚认真,在他的努力下,也不断有豆腐块儿大小的文章在市级报或县报上发表,记忆中,在省报上发的文章就少而又少了。缘于共同的爱好,老师每有文章发表,总不会忘记给我打个电话,告知文章发表的日期及版面,让我和他一起分享快乐。说实话,在我看来,老师的文章写得很古板,缺乏现代气息,这也许跟他的职业和人生经历有关。

那年冬天,王老师对我说他准备把自己的作品结集出版。我委婉地说,现在出书有一定的难度,出版社也都在考虑自己的经济效益。老师说,我可以自费出版,只要能找到一家出版社。后来,我帮他联系了几家出版社,但一听说王老师并非名

一物等一主

人,都拒绝了。我劝他出书的事停停再说吧,老师却执意地说他再想想办法。

不久,老师忽然来到我家,有些兴奋地拿出一本书,送给我说:"书出来了。"我接过一看,是一本200来页的书,没有书号,没有定价,更没有出版社的名字,甚至没有一个像样的封面,但在书的正面,分明印着四个大字"春华秋实",老师的大名赫然印在上面。王老师告诉我,这是他自己找了一家印刷厂自行印刷的。为印这本书,花费了3000多元,集子里收入老师几十年来的作品上百篇,计20余万字。打开书的扉页,上面写着老师给我的题字,并公公正正地盖上了老师的印章。老师说,考虑到资金紧张,只印了300本,已送给朋友、亲戚200多本。我心想,老师这是何苦呢?但没有说出来。

有一天晚上,因写一篇文章过于兴奋,我又失眠了,随手翻起老师的书,从头读起,竟被老师的文章深深打动。从老师那并不十分精彩的文笔中,我读到老师大半生的经历和质朴的情感。这本小书并不厚重,但它浓缩了老师大半生的心血和汗水,显得格外凝重。从那一刻起,我认同了这是一本书,一本真正意义上的书。

想想王老师对待写作、对待人生始终严谨认真的态度,我对他顿时肃然起敬,也深深地体会到了老师不为名利、迫切出书的心情。老师用"春华秋实"总结自己的大半生,分明是对自己的一种肯定。

其实,一个人行走在这个世界上,有没有人喝彩并不重要,重要的是,自己有没有执着地走下去,只要真正地付出了、努力了,怎么不可以说也是一种成功呢?

当我内心极其浮躁特别想敷衍塞责的时候,我的脑海里使出现老胡那双通红的眼睛……

真　相

多年前,我曾经在某市级日报做过一段实习记者,在那里我认识了老胡。老胡当时有50多岁,据说在报社10多年了,也没有混上一个"长",大家都叫他老胡。

一天,报社突然接到新闻线索,说市区内某饭店起火了,我赶紧跟着老胡赶到了现场。当时,大火已经被扑灭,空气中弥漫着一股焦煳味儿。据周围人说,大火是凌晨3点多开始烧起的,从一楼一直烧到三楼,烧死了一个人。老胡说,你赶紧去找公安消防人员调查一下情况,我在这里照几张相。

在公安局,我找到了消防科的刘科长。刘科长说,经过初步勘察,起火原因是该酒楼的电线老化所致。当时,楼内共有12名服务员在二楼睡觉,失火后,他们纷纷跳楼自救,其中有一个叫小勇的男孩,从二楼跳下以后,又急匆匆地返回正在燃烧的楼内,结果被烧死在楼梯上。至于小勇为什么要返回,民警分析,当时其他人都或多或少穿着衣服,只有小勇全身赤裸,他很可能是想回去拿件衣服。另据一位服务员反映说,他曾听见小勇说了一句"我的裤子"。

回到报社,老胡已经在等我了。我把情况向老胡复述了一遍,然后打开电脑,准备把这则消息写出来。老胡却推了推鼻梁上的花镜,看着我说,现在就写?我说是啊,怎么啦?

"我认为还不行!咱们还没有了解清楚。"老胡说:"特别是那个服务生究竟为什么要返回楼内。"我说:"不是告诉你了,那个孩子光着屁股跑出来,感觉难为情,就又回去了。"老胡说:"在生与死的关头,难为情能解释得通吗?"我笑了,说:"老胡,你又不是警察,管那么多干什么,我们可以加上一句'警方正在做进一步调查'嘛!"

"我想,我们应该做进一步调查!"老胡硬邦邦地扔下一句。

于是,下午我们又来到市中心医院,对正在治疗中的酒楼服务员进行了采访。服务员们都说,当时人心惶惶的,谁知道他为什么又回去了。

就在我们决定打道回府的时候,一位姓赵的酒楼服务员小声地说:"他也许是回去拿钱去了。""钱,什么钱?"老胡急切地问。小赵说:"昨天下午,我们刚发了工资,小勇领了300元钱,我看见他用手绢把钱包好,装进了裤袋里。他对我说明天就回家,把钱交给他娘。其实,他上班刚满一个月。"老胡问:"小勇多大年龄?"小赵说:"16岁,他家就他一个儿子,他娘还有病。"

从医院回来的路上,老胡很沉默。我说:"也许,咱们今天下午的采访对于写稿并不重要。"老胡说:"作为一个记者,你不要老想着写稿、写稿,更重要的是,你要了解更多的事实真相!"

老胡说这句话时,眼圈已经通红了。

后来,我离开了报社,再也没有见过老胡。如今多少年过去了,当年的老胡也已经退休了吧,然而,他的一番话时常回响在我的耳旁,尤其是当我内心极其浮躁特别想敷衍塞责的时候,我的脑海里便会出现老胡那双通红的眼睛,他直视着我,让我不得不正视自己的良心和肩上的责任。于是,我就会努力平静一下心情,重新坐下来,默默地做好属于自己的工作。

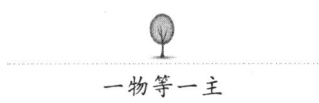

一物等一主

一个简单的"等"字,包含的却是万千的内容。

一物等一主

在我上下班的路上,有一个小卖部,经营些日常生活用品,店主是一位须发皆白的老者。小卖部店面不大,顾客也是零零星星,我也是偶尔买支蜡烛或者换个灯泡的时候才光顾一下这个小店。店主却是个热情善谈的人,每有顾客光临,总是热情地招呼,言谈却又十分得体,让你听不出有多少废话,于是常常有顾客喜欢和他聊上两句。

一次,我又去他的小店,买了两节电池,闲着没事儿,就坐下来和店主聊起来。不知怎么,话题说到了他的小店。我说:"大爷,你这个小店实在太不起眼了,里面也太陈旧,要想多盈利,就得想办法装修一下了。"谁知道老者捋须一笑说:"年轻人,靠装修是留不住顾客的。"我问:"那靠什么才能留住顾客?"老者又笑了一下说:"靠等。"靠等?我大感不解。老者解释说:"年轻人,你知不知道一句话叫作'一物等一主'?别看我的店面狭小、陈旧,可是我的店里是百宝囊啊,要什么有什么,针头线脑,牙签耳勺,尽管值不了几个钱,谁家也少不了,所以

我只需要在这里等待即可。"

一物等一主。尽管不是第一次听说这个词，然而，当这句话从这位老者的口中说出来，我还是感受到了老者内心深处的一种睿智。在别人眼里，买卖也许只是一种买卖，而在老者眼里，买卖还是一种等待。老人不仅仅把自己的店面当作一个店铺，他的目的也绝对不仅仅是为了赚钱，他只是在从事一种经营而已，经营店面，也经营自己的夕阳人生。

一次去京城参加一个笔会，和一位知名的作家座谈，这位作家说："真正的好作品不是写出来的，那是等出来的，它就在你的生命中。"听之，顿时醍醐灌顶，忽地想起那个店主"一物等一主"的话来。

就是一个简单的"等"字，包含的却是万千的内容啊。想想吧，在人生中有多少事情会马到成功呢？更多的则是水到渠成。等是一种机缘，等是一种积累，等是一种潜伏。姜子牙80岁遇文王，则是千百年来关于等的最佳案例。

"一物等一主。"玩味这句话，常常能让我在浮躁的时候平息内心，从而怀有一颗感恩和期待的心对待世事。是的，对人生而言，一物等一主，只要你努力了、付出了，成功与否都变得不再重要，是你的终究是你的，不是你的着急也没用；对爱情而言，一物等一主，那个和你牵手的人是你千年修来的缘分，百年等来的结果，你还有什么理由不好好去爱呢？而在你的身边，关爱的目光、温暖的双手、轻声的问候，都在不远不近的地方等候着你，你怎么可能不心存感激？

第六辑 收藏记忆

它们是一段历史,是一段岁月,更是一段不可忘却的记忆。它们携带着一种力量,给我们注入灵感,催我们奋进。它们更是一部书,需要我们用心灵阅读,用生命珍藏。

心灵花园

往事如烟,在情愫中不知何时消散;往事如酒,储存的时间越久越能醉人。

往事之门无锁

往事之门无锁,总是悄然打开。每每想起往事,心思总不免要为之嗟叹不已。

常常想起那个燃着 19 支蜡烛的生日之夜,在闪烁的烛光里,年轻的心第一次拥有的惶惑与迷茫,面对十几双真诚的眼睛,内心涌起的几多难言的感动。

常常想起那个秋天,父母送我去外地求学的情景:重重的行李压在父亲那并不宽厚的肩上,母亲在一旁不厌其烦地叮嘱。当列车徐徐开动,车窗外父母互相搀扶着向我挥手时,闭上眼,我泪流满面……

往事难忘。匆匆走过人生一程,静静回眸,斑斓的过去却似水流年,几许沧桑、几许无奈、几许感慨交织在心中。

往事随日历一页页地飘走,遗忘如泥土将落叶般的往事掩埋,记忆像一卷密封的胶片将往事藏在黑暗的房子里。常常是刹那间,往事会自动地一幕幕历历浮现……那段与友人共处无

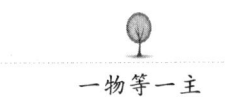

忧无虑、打打闹闹的日子常徘徊于心底；那本厚厚的粉红色的日记连同里面所记录的梦幻般的日子，被深深地埋在书柜最底层；那锁在抽屉里的每一张照片、每一本书，每一盘磁带都有或多或少的情节……

往事如烟，在情愫中不知何时消散；往事如酒，储存的时间越久越能醉人。往事是一段或甜蜜或忧伤的故事，这故事是一部人生巨著里的一个个章节，这故事没有开始也没有结尾，字里行间全写满了生命的真实。

是的，每每忆起往事，也许我们都会感到沉重、遗憾和无奈。但毕竟，往事是一幕幕的经历，而经历是财富，因为经历使人成熟。所以，让我们多一些回忆、多一些思索，也多一些成熟。

往事之门无锁，悄然地开着……

一声问候、一杯热茶,乃至一次凝视,都会使我们在心灵深处将之收藏。

让心灵在怀旧中慢慢提纯

总是在不知不觉的时候,生活中的某个片断,突然闯进脑海,让你沉醉其中,挥之不去。那曾经的人或事,仿佛刚刚经历过,当我们从回忆中惊醒,才发现,那已经是很久以前的故事了。

怀旧,正是因了那一份难忘、那一份难以割舍的情怀,才有了如此巨大的魅力。

生活是一条河,在不知不觉中在我们身边流过,无数的生命也在不知不觉中萌芽初绽,在不知不觉中草长莺飞、兴旺茂盛,尔后,又是在不知不觉中渐次枯黄、片片凋零……偶尔回首,浓浓的怀旧之情便会蓦然涌起。

怀旧,是我们对生命体验过程的一次次关照。怀旧是一种孤独的情感,满怀失落的无奈。有时候,一首旋律、一个手势、一个微笑,乃至一个眼神都能让人在如烟往事中驻足,引发对往昔尘封岁月的追忆。那是一种剪不断、理还乱的复杂情感在吸引着我们，让我们不由自主地踏入记忆的深处。

怀旧不是老年人的专利，而是人的普遍心理。可以说，每个人都有这种体验。志得意满者也许会在生活最惬意的时候，触发对过去所经历磨难的缅怀，而消沉失落者也会在生活最落魄的时候，回味昔日曾有过的成功与辉煌，让心灵栖息。痛苦也好，欢乐也罢，当时光掠去青春的浮躁和岁月的浮尘，沉淀下来的就是生命的真实，这怎能不让人为之心颤，为之动容。

其实，我们都很脆弱，也很容易感动。一声问候、一杯热茶，乃至一次凝视，都会使我们在心灵深处将之收藏。譬如初恋，对大多数人而言，无论成功抑或失败，人们心中都有一个"初恋情结"，尤其是那些付出了真情却得不到回报的不幸者。也许，正是经历过的心痛或者快乐让我们变得理智和成熟，让我们在以后的生活中学会了如何面对，如何珍藏，如何避免伤害，如何在失落后自我安慰。从这个角度讲，怀旧并非可有可无，因为，曾经的经历是我们一生的财富。

让我们坐下来，静静地打开往事之门，翻阅那些流金的岁月。让我们温馨地面对一个个心动如潮的过去，让心灵在怀旧中慢慢提纯，让生命在怀旧中渐渐丰满和滋润。

如今想来，在我人生的旅途中，三个人对我说过这样三句话，真的是一种幸运。

嵌在心灵中的三句话

不知不觉，已在人生的旅途上走过40多个春夏秋冬。想想自己在40多年里，从不同的地方、不同的人们那里，听到的话语不止千言万语，然而使我久久不能忘记，至今铭刻在心的却是三句话。

我的童年是在农村度过的，读小学三年级时，我转到了县城小学。到城里后，由于城乡教学方法、质量的差异，我很快感觉到学习的吃力，名次也排在倒数之列。渐渐地我开始对学习厌烦起来，开始逃学。一天，当我再次逃学，独自一人在学校附近一片芦苇地里玩耍时，班主任张老师出现在我面前。当时已年近五十的张老师抚摸着我的头说："孩子，回去上课吧，你并不笨，你落下的功课越多将来越费劲，记住一句话叫'不怕慢，就怕站'。只要努力肯定会进步的。"后来，张老师开始给我补课，我的成绩也开始慢慢上升，直至后来进入了班里的前三名。

一物等一主

我大学毕业后，面临的首要问题是找工作。当时，亲戚朋友帮我联系了几家单位，但都不能让我满意，有的单位工作比较轻松但工资很低，有的单位工资较高，但工作很累且没有什么发展前途。那一阵子，我常常闷闷不乐。一天晚上，母亲走进我的房间，她劝说了我几句，最后说："甘蔗没有两头甜，世上的事情怎么会尽如人意呢？在工作中再寻找机会吧。"我听从了母亲的劝告，选择了一份比较适合我的工作。我非常感激母亲用最朴素的语言，教我懂得了一个生活的道理。

第三句话，是5年前听到的。那时，我和一位朋友做一桩生意，因为对市场把握不准，又欠缺经验，在短时间内我赔得血本无归。我整天借酒浇愁，一蹶不振。一次，偶然遇到一位远房亲戚李大伯。李大伯早些年就经商创业，早已是当地名声赫赫的人物。李大伯听说了我的情况，他用有力的手掌拍拍我的肩膀，说："你还是男子汉吗？这点儿小事就把你折腾成这样，还能成就什么事业？记住：摔倒了也没什么，抓一把沙子，再站起来就行了！"这一句话让我警醒，我和朋友一起认真分析失败的原因，然后重整旗鼓，很快又赚回了一笔资金。

如今想来，在我人生的旅途中，这三个人对我说过这样三句话，真的是一种幸运。"不怕慢，就怕站""甘蔗没有两头甜""摔倒了，抓一把沙子，再站起来"就行了，这三句话尽管朴素，却在必要的关头提醒了我、启迪了我，让我少走了许多弯路，因此它们嵌在了我的心灵深处。随着年龄的增长，我愈发体会到其中的深刻道理。

即使命运的大鳄已经咬住了自己的尾巴,那只小鸟也要奋力挣扎。

姥爷的根雕

我无法相信,眼前的这件根雕作品居然出自姥爷之手,出自那双粗糙的拿了一辈子锄头的手。

那年,我带着儿子去农村看望姥爷和姥姥。姥爷已经 80 多岁了,姥姥也已经接近 80 岁。姥爷的体格十分硬朗,每天还要下地干活。姥姥由于在 10 年前做过一次大的手术,从此卧床不起,姥爷便承担起照料姥姥的重担,洗衣、做饭,甚至为姥姥打针、更换导尿管,闲不住的姥爷还耕种了一亩多地,种些棉花和蔬菜。

记得那天,儿子吵嚷着要回家,姥爷随手从门后拿出一样东西给儿子玩。儿子很好奇地把玩起来。我才注意到,那是一个树根,但不是一般的树根,而是经过加工之后的带有造型的树根:一只鳄鱼模样的怪兽伸长了脖子,紧紧咬住一只小鸟的尾巴,小鸟高昂着头颅,奋力地腾飞,两只翅膀奋力地拍打……

一物等一主

我赶紧问姥爷:"这是谁制作的根雕呀?"姥爷有些腼腆地笑了笑,说:"啥是根雕,是我用刀子削出来的。"是的,严格地说,它真不是一件根雕作品,因为它实在太粗糙了,有几处因为用力过猛,还留下几道深深的刀痕,并且姥爷随意地用红墨水点染了"鳄鱼"的嘴巴和"小鸟"的眼睛,显得有些不伦不类。然而,这个造型确实十分逼真和动人,充满了动感,也有许多想象的空间。

自然,这件根雕被我带回了城里,我把它摆放在电脑桌上。

赏玩这件根雕,我的内心常常涌起许多感动。姥爷的一生平平淡淡,他也没有读过几天书,一生的时光都是在"面向黄土背朝天"中度过的。然而,这件根雕才让我彻底读懂了姥爷。80多年的风风雨雨涤荡着姥爷一生的岁月。在姥爷年幼的时候,他忍受饥饿、贫困;中年时,他不得不勤奋劳作;到了晚年,本该享清福的他又由于姥姥重病在身,不得不继续辛劳。然而,对待命运,姥爷始终没有半句怨言,相反,他总是以一种开朗的心情去面对。面对这样的人生境遇,姥爷还有心情用粗糙的手和笨拙的刀,在一条树根上倾诉自己,该是多么的难能可贵!其实,这件根雕的寓意十分明显:不管命运如何坎坷,即使命运的大鳄已经咬住了自己的尾巴,那只小鸟也要奋力挣扎,这是一种抗争,这是一种韧性,这是一种信念。

对我而言,这件根雕是我从姥爷那里得到的最好的一件礼物,尽管它粗糙,尽管它无言,但是它在我的内心深处重若磐石。

宠辱不惊不是消极的回避，也不是看破红尘、甘于沉沦，它是远离名利、远离喧嚣的一种坦然，是在遭受挫折时仍有与花相悦的一份从容。

失之不忧，得之不喜

人生在世，难免会遇到宠辱。但由于人的胸襟、境界不同，当宠辱加身的时候，其表现也会有所不同，因此就有"受宠若惊""宠辱不惊"之别。

有的人可能会将受宠之喜或受辱之忧深藏于内心；有的人则会因受宠而得意忘形，或因受辱而愁眉不展；有的人甚至因受宠而四处矜夸炫耀，或因受辱而到处诉苦喊冤。

宋朝有个人，因自己穿的棉袍被宋徽宗赵佶的御手摸过，他便将赵佶的手形绣在棉袍上，穿着它到处炫耀；他的一条胳膊被皇帝握过，他便以黄帛把皇帝握过的地方包起来，给人作揖时，那条缠着黄帛的胳膊连动都不敢动。此人的荒唐之举，堪称受宠若惊的典范。当然，他这么做，不仅是受宠若惊，更是别有用心，那就是要借此宣扬皇帝对他是何等宠爱，这样一来，他就可以横行乡里，狐假虎威了。

一物等一主

《新唐书·卢承庆传》记载了这样一个故事：在唐太宗时期，卢承庆曾任考功员外郎官职。所谓"考功"，是专管官吏考绩评功的，隶属吏部。据说，卢承庆对考功工作公正、负责。一次有一个负责运粮的官员，由于发生粮船沉没事故，受到处罚。卢承庆在进行考绩时，便将他评定为"中下"等级，并通知本人。那位官员得知后，既没有提出意见，也没有任何疑惧的表情。卢承庆继而一想："粮船沉没，不是他个人的责任，也不是他个人力量所能挽救的，评为'中下'，恐怕不合适。"遂决定改评为"中中"等级，并且又通知了本人。那位官员依然没有发表意见，既不说一句虚伪客套的感谢话，也没有什么激动的神色。卢承庆见他如此这般，非常佩服，脱口便道："好，宠辱不惊，难得难得！"当即又把他的功绩改为"中上"等级。从此，"宠辱不惊"这个成语典故便广为流传。

有一副对联是"宠辱不惊，看庭前花开花落；去留无意，望天外云卷云舒"，它深刻地道出了人对待名誉和地位应持的正确态度。古代那位运粮的官员，之所以能够做到"宠辱不惊"，就是因为他具有对事对物对功名利禄失之不忧、得之不喜的定力，保持了心平气和、淡泊自适的境界。

要想做到宠辱不惊，去留无意，丝毫不受外界干扰，说起来容易，实践起来却很难。纵观历史，不是常见一些有才干的人，事业顺利时趾高气扬，一经挫折便成了落汤鸡吗？

只有保持一分平常心，才能做到宠辱不惊。宠辱不惊不是消极的回避，也不是看破红尘、甘于沉沦，它是远离名利、远离喧嚣的一种坦然，是在遭受挫折时仍有与花相悦的一份从容。

不说"谢"字,这份朋友之情便蕴含了一份浓浓的亲情。

挚友不言谢

有一次,一位记者采访著名学者张中行。记者说道:"听说您曾经有个朋友生活比较困难,每到年节的时候,您都寄钱给他,他这一辈子都没有对您说过一个'谢'字,但您仍把他当成生平最好的朋友。"张中行先生说:"能交到两个永远不说'谢'的朋友很不容易,人生能够交这样几个朋友最好,你得到人家的关照不说谢,人家得到你的关照也不说谢,心里边想就应该是这样子……"

读过这段文字,我为张先生宽容、平常的心态而感动,同时对朋友的含义又有了新的理解。在我们常人看来,朋友之间,也许说一句"谢谢"是一件很自然的事情,甚至简单到脱口就能说出。然而做到不说一句谢谢,却是一种难得的境界。正如张先生所说的,是"很不容易"的。

真正的朋友,不用说"谢"字,他们之间的情感和友谊,不会因为缺少了"谢"字而有丝毫的缺失,相反,会更为深厚。

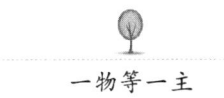
一物等一主

不说"谢"字，这份朋友之情便蕴含了一份浓浓的亲情。想想吧，我们对待自己的父母、兄弟、姐妹，又有多少人整天互相致谢呢？因了那份亲情，我们自然就省略了"谢谢"二字；不说"谢"字，这份朋友之情显得更为朴实自然。当我们丢掉许多不必要的客套之后，呈现在彼此面前的是自然而纯真的友情，没有伪装，没有虚假，有的只是心灵的贴近与沟通；不说"谢"字，并非是感情的冷漠，而是将表达和回报变为另一种形式，那就是抛弃空洞的许诺，把友情珍藏在内心深处，内化为一种力量，构建起真正的友谊大厦。

想想我们自己，在所有的朋友当中，又有几位是能够一辈子不说"谢"字的朋友？人海茫茫，世事沧桑。当我们面对越来越多所谓现实的时候，寻找一位不说"谢"字的朋友，又是何等的艰难？

因此，我要说，假如你拥有哪怕仅仅一位不用说"谢谢"的朋友，请你好好珍惜吧。你要知道，这份友情是金钱买不回来的，是时间换不回来的，那份真挚的感情是心与心的交融，那是属于你一生的财富。

所以，当你付出之后，你不要老是期盼朋友对你感恩。一千句、一万句的感谢，也许都比不上一个理解的眼神；所以，当你面对真正的朋友的时候，你也尽量少说"谢谢"吧，把那份默默的感动，那份默默的温暖，珍藏在心间，让它作为一种养分，去滋养心田之中那朵真诚的友谊之花。